長編恋愛小説

モルヒネ

安達千夏

祥伝社文庫

目次

モルヒネ　5

解説　島田雅彦《しまだまさひこ》　250

I

眠っているのだと思った。

すっかり明るくなった部屋で、姉は右向きに寝ていた。見慣れた布団から、いきいきした長い髪と、よそよそしい左耳が覗《のぞ》いている。寝顔はやわらかな枕に沈み、ほとんど見えない。

「早紀《さき》ちゃん、朝だよ」

寝過ごした姉を見るのは初めてだった。壁の時計は、八時過ぎを指している。寝坊が、秘密の悪事のようでわくわくした。私は小学二年生で、遅刻したことはただの一度もなかった。

六年生の姉は、いつもなら六時半には起き、洗濯を終えてから私を揺すった。父親が目覚まし時計を壁に叩きつけ壊してからは、朝の光が入るよう、カーテンを開けて寝ていた。

私達はふたりきりで食事をし、手をつなぎ登校する。授業が終われば、私が児童クラブで少し待ち、手を取り合い家へ帰る。なにをするにも、ずっと一緒だった。姉は、力を合わせて生きていくのよ、と私に言った。お母さんがいなくても、ふたりでがんばろうね。

私達は三人家族だったが、都心への通勤に二時間近くもかかるからと言って、父親はたまにしか帰らなかった。前の晩遅く、数日ぶりに戻ったかと思うと私達を叩き起こし、ひと暴れして、いつものように私が起きる前に出かけていた。

「ぐあいがわるいひとは、おとなしくねてなさい」

姉の口真似をし、私は台所へ立った。コーンフレークに牛乳をかけたものが、毎朝の食事だった。姉が洗濯物を干している間に、私がふたり分を準備する。でも今朝は、とりあえずひとり分だ。

「早紀ちゃん、いただきます」

子供部屋の方へ声をかける。私は姉を名前で呼んでいた。その習慣は、お互いのために大切だった。

母が死んでから、父親は、私達姉妹を「上の奴」、「下の方」という言い方で区別し、けっして名前を呼ばなかった。だから私達は、母がつけてくれたふたつの名を、できるだけ口にしたかった。そうしなければ、名前まで母のようになくなってしまいそうに思えた。

「早紀ちゃん、かぜ？　おなかいたくない？　学校は、おやすみする？」

姉は応えない。

「ゆうべは、けがしなかったよね」

酒臭《くさ》い父親は、眠っていた私達を起こし台所に並んで立たせると、姉の脚を蹴った。姉は、ひっくり返るように後ろへ倒れた。父親は、馬鹿にしやがって、と怒鳴っていた。馬鹿にしやがって。どいつもこいつも、俺を馬鹿にしやがって。いつも同じことしか言わない。そして、同じことしかしない。

なかなか目を覚まさない姉に、指先を触れてみる。ゴムみたいで、冷たい。大変だ、大変だ、と私は頭の中で繰り返した。きっと、わるい風邪だ。

「まっててね」

朝晩は冷え込むようになっていたものの、オイルヒーターは押入れの奥だった。姉をあたためてあげたい一心で、私はどうにか手の届く場所にあった毛布を引っ張り出し、掛け布団の上へ被せ、すぐに一枚では足りない気がして、自分の布団も載せた。

しかし、姉は身じろぎもしない。

私は幼い頭を働かせ、家中を見てまわり、温水器に目をつけた。水温を上げ、タオルを浸し絞って、姉の頰《ほお》へ当てる。

「早紀ちゃん?」

呼んでも、姉は、ぴくりとも動かなかった。こんなにもこんこんと眠り続けるからには、重い風邪に違いない。

「まださむいのね、早紀ちゃん」

冷たい身体は、あたためればいい。

私は、台所の流しと子供部屋を何度も行き来した。立ったり屈《かが》んだりをしきりに繰り返したので、額からは汗が垂れ、目に沁《し》みた。そして玄関のチャイムが鳴った時、初めて、我に返った。

はっきりと記憶している。

恐かった。じっと動きを止め、ベルをやり過ごそうとした。セールスのおじさんだと思った。けれども、聞き覚えのあるやさしい声が、思いがけず私達に呼びかけた。

「早紀ちゃん、真紀《まき》ちゃん、おうちにいるの？　校長先生ですよ」

開けてちょうだい、と継がれた声が終わらぬうち、私は、無断欠席を心配して訪れた、校長先生の笑顔を仰ぎ見ていた。

当時は理由に思い当たらなかったが、彼女は私達姉妹をよく気にかけてくれ、困ったことがあればいつでも相談しなさいと言っていた。そしてその時まさに、私は困っていた。

「先生、早紀ちゃんをおいしゃさんにつれてって」

私は彼女の手を引き、寝ている姉を見せた。

「でも、お父さんにはないしょにして」

冷えてしまったタオルを握り締め、父親には秘密にしてくれと念押しした筈《はず》だ。けれどそれは定かではない。この時点から、私の記憶は曖昧《あいまい》にぼやけばらばらに散乱する。確実に刻み込まれているのは、校長が無言のまま私を引き寄せ胸に抱いた、唐突で強いしめつけられるような痛みだけだ。

あの朝から二三年が過ぎた。

もし私が、今でもシリアルの類《たぐい》は口にできません、と涙ながらに告白したなら、それはどんなにか絵になることだろう。しかし、シリアルにヨーグルトをかけただけの一皿は、あの日と同じように目の前にある。牛乳がヨーグルトに替わっただけだ。物に意味を持たせ、こだわる贅沢《ぜいたく》は、有閑階級の人間にでも任せておけばいい。労働者は、まずカフェインでよれよれの脳細胞を叩き起こして、蓄積した疲労をごまかし、あとは当座のエネルギーになる食物をとにかく胃に納め、小走りで駆け出すものだ。そして仕事から戻れば、アルコールで、たかぶった神経を鈍らせ眠る。

冷めるまで待てないコーヒーを一口するごと、一枚ずつ衣服を身に着け、すっかり支度が済んでから、ふやけてしまったシリアルを事務的に口へ運ぶ。皿は、広げた新聞の上へ置く。こうすればテーブルを拭かずに済む。視線は、片時も紙面を離れない。味覚は、ほとんど無視されている。

しばしば、起き抜けから、あの朝の情景が克明に思い出される。だが私は平気だ。

思い出は、閃光のように突然に意識を貫き駆けまわるけれど、私を傷つけはしない。記憶は安全だ。過ぎた時間は戻らない。命を落とした姉が、二度死ぬことはない。

出かける時間だった。ひとり暮らしの殺風景な居間をひととおり見渡し、靴箱の上に置かれた車の鍵をつかむ。階段は、必ず駆け下りる。急ぎでなくとも、そうせずにいられない。時間に余裕があるなら、そのことに落ち着かずいらいらし、ますます足取りが速くなる。

私はあまり物を持たず、当然ながら、自家用車も持たない。駐車場のプリウスは勤め先の所有で、シルバーのボディーには〈在宅医療・訪問看護・ながせクリニック〉とペイントされている。車は、急な呼び出しにも応じられるよう、貸与されている。

この病院に入院設備はない。院長のほかに、私と、もう一名の医師がおり、患者の住まいを訪れる。必要があれば応援を要請できる非常勤の専門医も、数名登録されている。ホスピスを円満退職した長瀬浩史《ながせひろし》が、すでにあった訪問看護ステーションと連携する形で立ち上げ、ようやく五年目に入った。

持ち手の取れかけたドクターバッグと、書類の入ったファイルを助手席に放り投げ、運転席へ乗り込む。後部座席には、日に焼けたゼンリンの住宅地図が積みっぱなしになっている。

クリニックは、近在の大規模病院やホスピスと協力し、慢性期や末期の在宅患者を支援している。往診を請け負ってくれる医師が見つからない、との求めに対応するうち、カバー範囲は多摩地区一帯に広がった。だが移動距離と訪問件数は増えても、カーナビを導入する余裕は生まれない。おかげで私は、最短距離を選べないタクシーに腹を立てるほど、道に詳しくなった。

今日の私は遅出で、通勤ラッシュが収まった午前一〇時の道路には、運送業者のトラックと、白いボディーに社名を塗装した低価格モデルの商用車が目立つ。女性の運転と見れば露骨にあおったり、割り込んでくる男性ドライバーもいるが、この車で嫌がらせに遭ったことはない。信号のない狭い三叉路に入る。予期したとおり、宅配便のトラックとタクシーが先に停車して譲ってくれる。〈クリニック〉と描かれた車は人を救いに急ぐ、とでも思うのだろう。

誤解をくすぐったく思いながら軽く手を上げ、アクセルを踏んだ。残念ながら、私は役に立つ人間ではない。二三年前の朝、私が介抱していたのはまぎれもない死体だった。姉の死を知らされて、私は泣いただろうか？　そもそもいったいいつ、どうやって知ったのだったか。

事実は把握《はあく》している。

前の晩遅くに帰った父親からすねを蹴られ、姉は、脚ばらいをされたような状態で台所の床に後頭部から転倒した。怒りを発散させ満足したものか、父親は、悠然と自室に引きあげた。

姉は、痛みはないが吐き気がすると言い、さっきまで寝ていた布団へ潜り込んだ。そしてたちまち寝入ってしまい、「おやすみなさい」にも返事はなかった。八歳だった妹は安心し、やはりすぐに眠りに落ちた。昏睡状態に陥《おちい》った姉の隣で。

硬膜下血腫《こうまくかけっしゅ》だ。のちに、そう聞かされた。

もろい脳組織と、それをしっかりと包んでいる硬膜という白い膜の間に、転倒の衝撃で切れた血管から流れ出る血が貯留《ちょりゅう》する。血のかたまりは、硬い頭蓋骨が制限する容積の中でも徐々に大きくなり、やわらかな脳を圧迫し始めるだろう。

姉は、眠ったのではなく昏睡していた。死に瀕していたのだ。寝相のよくない妹が最初の寝返りをうつ頃、姉の頭蓋内圧は急上昇し、瞳孔は左右ばらばらに開きつつあり、対光反射も、おそらくなかった。

大人になった私は、もう何度も、身につけた知識とともにあの夜へ立ち戻ってみた。姉の命を救う方法は、開頭手術しかない。頭蓋骨を一部切り取ることで、脳を窮屈さから解放し、滞っていた血液の流れを回復させる。そして硬膜を切り開き、溜まった血をきれいに取り去る。

無影灯の下、頭を開かれた六年生の姉を見下ろす、三一歳の自分がいる。たったひとりで、大きく広がったゼリー状の血を除去している。ガーネット色の血腫は、いくら除いてもなくならない。

私では、早紀ちゃんを助けることができない。詰めていた息をふうと吐き、なかなか変わらない赤信号から目をそらす。

他人の家から、また別の他人の家へ、死に近づきつつある患者の許から、長く患うとわかっている次の人の枕辺へと、狭い空間に閉じこもり移動するごと考える。私はなぜ、まだ死なずにいるのだろう? なぜ明日へ行く?

短いクラクションが、前進しろと促す。

目を上げると、信号から血のぎらつきが消えていて、その向こう、なだらかな丘の中腹に、低層の建物が見える。長瀬のかつての勤務先は、日の光を受け白く輝いている。

緑の丘陵には、下から順に、市民農場、市民植物園とホスピス、そして高校のサッカー練習グラウンドが並んでいる。農場の入り口前には用水路があり、渡された短い橋に差しかかる時、ほんのちょっとの段差で車が弾む。私は、姉と交わしたやり取りを思い出す。通学路の途中に狭い川が流れていて、その橋にもやはりわずかな段差があり、幼かった私は慣れることなく幾度も同じ場所で躓《つまず》いたものだった。

その橋の半ばで、時折姉は立ち止まった。決まって川面を覗き込み、言う。

お母さんのとこに行ったら、楽かなあ。

澱《よど》んだ流れに、ゆらゆら揺れながら、姉の顔が映っていた。並んだ私の顔も、汚れた緑の水面で歪《ゆが》んでいる。私はなんだか恐くなって、ううん、と首を振る。早紀ちゃん、一緒にいて。どこにも行かないで。だが当時の私は、まだ六年生だった姉がそんなにも頻繁に死を口にしていたとは、理解していなかった。

死ぬために、私は医学を学んだ。

姉を失ってからしばらくは、見知らぬ大人達が入れ替わり現われては山のような質問を浴びせ、干渉し、気の毒ねと涙を浮かべ、あるいは疑いを隠さず、敵意を覗かせ、彼らの相手をするだけで日々は過ぎた。そして、その騒ぎが収まってようやく、私は、ひとりぼっちで取り残されたことに気づいた。早紀ちゃんはもういないのだ。

不覚だった。電車に乗り遅れた気分だった。自分もさっさと死ぬべきだと思った。けれども八歳の私にとって、死とは、想像を絶する苦痛そのものであり、苦しまず死ぬ方法など知るよしもなかった。私は施設に暮らし、学校へ通い、翌年には、藤原《ふじわら》小児科医院の養女になった。

入れ知恵をしたのは、病院に出入りする製薬会社の営業の女性だった。苦しまずに死ぬ方法は、と問う九歳の子供へ、得意げに知識をひけらかした。

彼女は、レクチャーの最後をこう結んだ。ドクターなら簡単よ。なんでも手に入るし、自分でやれるんだから。

蝶や蜂ばかりが訪れる植物園を横目に、車は、ホスピスの正門を入る。ここを訪れると、途端に私は、死について考えるのが嫌になる。

よく手入れされた庭をぐるりとまわり込み、駐車場の奥へと車を進める。職員用の、建物から離れた区画に、リフティングをする男の姿が見える。ボールは、すぐ上にあるサッカー練習グラウンドから転がり落ちた迷子だろう。

「おう、元気か」

車から降り立つ私に、クリニック院長の長瀬が手を振る。目にするだけで空元気が出そうな、明るい黄色のTシャツを着ている。白衣は風を通さず暑苦しいからと、その下は一年をとおして同じだ。彼を見る限り、四季のうつろいなどないかのように思える。

「私のことより、自分の身体を心配してください。一睡もしてないんでしょ？」

ああ、とだけ長瀬は答え、私の顔は見ずにボールとじゃれ合う。およそ、ひと晩中患者につき添っていた人間とは思えない。

「よかったわね、もちなおしてくれて」

膝でボールを弾ませつつ、長瀬が笑顔を浮かべる。昨夜、このホスピスに入所している末期癌患者の容体が急変し、在宅治療をしていた頃からの主治医である彼が呼び出された。ひとりの患者が、自宅からホスピスへ移る場合であれ、その逆にホスピスから家へ戻るケースであっても、ホスピスとクリニックそれぞれの担当医が継続してふたりで診る、という形で連携しているためだ。気心の知れた医師とつながっていれば、治療の場が移っても患者の負担は少ない。

「でも、ボールなんか蹴る暇《ひま》があったら、中で待っていればいいのに」

「眠気覚ましだよ」

徹夜明けで車を運転しては危険だからと、昨日は、私が彼をここまで送った。そして、直接クリニックへ出勤したいという求めに応じ、いつもの遅番の日より一時間も早く出て遠回りして迎えに来たというのに、こんなにぴんぴんしているのでは拍子抜けだ。

「疲れる、という状態を知ってる？」

「元気でいたら気に入らないのか？」

「あなたと契約する立場としては、まあ、頑丈な方がいいかな」

「堅気の皆さんはそれを、結婚、って呼ぶんだ。契約では内実がそのままむき出しだよ」

軽快な笑い声をあげ、長瀬は、足の甲へ載せていたサッカーボールを、地面に触れさせることなく私の背後の方向へ蹴り出す。

「こりゃミスキックだ」

笑っている。

「真紀が動揺させたからだぞ」

「人のせいにするの？　四捨五入で五〇になる、分別盛りのくせに」

ボールの行方を追って振り向く。それは、がらがらの駐車場の中央を転がり、数台の車がきれいに並べて駐車されている、入所者用の広い玄関ポーチ近くで止まった。古びたサーブの前だ。その、濃い藍色の車体には見覚えがある。学生の頃、そっくりな車に乗る男を好きだった。

男はピアノ科の院生で、私を置き去りに、黙ってオランダの音楽学校へ夏期留学したかと思うと、なにごともなかったように秋には姿を現わし、たった一日きりで、ふたたび私の前から消えてしまった。「バッハ弾き」だった彼が憧れていた奏者の名は、なんといったろう。レオンハルト、というオランダ人ではなかったろうか。

教官と奏法について対立し、学内を騒然とさせた大論争の末自主退学して、彼に同情的な教授の口添えを得、欧州で修行することが決まった。それが、彼の友人が知らせてくれた最後の消息だった。君への伝言？　いや、それは、なにも。ごめんな。

医学部で六年目を迎えていた私は、恋人よりも国家試験の準備を選び、彼を捜そうとはしなかった。彼の望みでもあると思えた。ぶざまなことをして、失望させたくなかった。けれどもそうしていながら、彼がふらりと現われる日をしばらくは心待ちにしていたものだった。

今となっても時折、思う。郵便受けに絵葉書が、パソコンにメールが、前触れもなく忍び込みはしないものかと。そして、喫茶店のドア、信号待ちの道向こうの人の群れ、海外の空港ですれ違う旅行者、電車が過ぎたばかりの隣のホーム、似た車、そんな景色の中に、彼の姿が紛れてはいないかと恐れる。

「恐れる」のは、逢ってしまえばまた別れる筈だからだ。予告もなしに物陰から現われ、少し離れたところでこちらに気づくと、きっと、三日ぶりに顔を合わすような気安さで声をかけてくる。

「へえ、サッカー選手とつき合ってんだ？」

私は、玄関ポーチの方から歩いて来る黒ずくめの男と、ボールを拾いに走る婚約者とを、ひとつの視界にとらえていた。立ち止まったヒデは、暗い色の車に腰をもたせ、私ではなく、長瀬を見つめる。横顔が、七年前よりいっそう冴えた。

「いや失礼、職場のサッカーチームで、見果てぬ夢に胸ときめかせるマイホームパパかな」

いつの間に結婚なんかしてしまったんだ。ヒデが、こちらに険しい顔を向ける。真紀、およそ賢明な行動とは言えないな。

「お言葉ですけど、私はまだ独身だし、あなたから〈賢明〉だなんて褒められたことも一度だってないけど」

「真紀は馬鹿だ」ならば、枕詞《まくらことば》のように耳にし続けた。私はヒデに歩み寄る。彼は、その場を動かず話し続ける。

「国家試験、滑ったのか？」

「それ、いつの話？　もう研修医ですらないわよ」

「生意気にも」

「そう、生意気にも」

ヒデは、じっくり診察してもらいたいな、と笑った。

「ところで真紀、せっかくだからこれから飲みにいかないか？　休診にしてさ」

「無理に決まってるでしょ。何時だと思ってるの」

気軽に調子を合わせ、それから戸惑う。どうしてヒデが、目の前で笑っているのだろう。ヒデ、あなたホンモノ？　つい口をついて出た言葉に、

「ニセモノだったら、正直に自己申告すると思うのか？」

ヒデは可笑《おか》しそうに応え、なぜか目をそらす。でも蜃気楼《しんきろう》とは違い、近づいても消

えない。

「割り込んで申しわけない」

聞き慣れた声が、至近距離で響いた。驚いてそちらへ注意を向けると、

「僕はサッカー選手でもマイホームパパでもありませんが、その……なんだか退散した方がよさそうだ」

現在進行形の揺るぎない象徴のように、長瀬が、ヒデのすぐ脇にいた。

「ごめんなさい、私、急にヒデが涌《わ》いて出たからびっくりして」

私には、ヒデしか見えていなかった。

藤原さんのご友人ですね。気にさわった風もなく、私の婚約者が右手を差し出す。

「長瀬といいます。彼女の同業者です」

だがヒデは、長い両腕をだらりと垂らしたままその手を見つめ、小首を傾げた。

「わるいけど、左利きなんですよね、俺」

切れ長の目が、長瀬の全身を冷たく観察している。

「ヒデ、ふざけないで」

ピアノを弾く彼は両手を器用に使うが、生活上の利き手は右だ。しかし、

「それでは左手で」

手を差し替える長瀬に、単純な無礼は通用しなかった。彼の神経は、二〇年以上もサービス業の現場で鍛えられてきた。

「ありがとう」

小さく言って、ヒデが左手で握手をする。きっと、はにかみを隠している。贅肉のない首筋の、突き出た喉仏が上下した。癖や、心の動きのサインを、私は忘れていない。

「ヒデ、長瀬さんは私の勤め先の院長なの」

自分の名刺を渡す。

「それから院長、彼は、倉橋克秀《くらはしかつひで》さん。仕事は……ピアニスト？」

「欧州中心に細々とやってる。ほかに取り得もないし」

「そうね。ピアノは、あなたの唯一の美徳」

「俺にも〈美徳〉があったってわけだ」

ヒデが、初めて見る表情で笑う。

その中途半端にほころんだ口元と、焦点の合わない瞳が、互いの潜り抜けてきた時間の長さを感じさせる。老いた、という感慨が兆し、慌てて遠ざける。私達はまだ充分若い。彼が、少しやせただけだ。

ヒデは、こちらが口を開くのを待っているようだった。しかし私は、時間の隔たりを意識した途端、話しかける術《すべ》を見失っていた。かといって、彼から視線をそらすこともできない。

「なんだか気まずいですね」

ヒデが、もうひとりの男に向かい親しげに語りかけた。

「長瀬院長、今日はお会いできて嬉しかった。仕事の邪魔をする前に、これで失礼します」

そして、真夜中過ぎの色をした車へ、細い身を滑り込ませるようにすると、そのまま走り去った。私には、再会を喜ぶ言葉ひとつ、また、風のようにかすめていく一瞥すら、与えてはくれなかった。私は、彼の電話番号さえ手に入れていない。

「僕がよほどお気に召さなかったらしいね」

年取ってるからかな。そうは見えない長瀬が呟《つぶや》く。残された私達は、旧式な車の排気ガスに巻かれ、立ち雛《びな》のように手持ち無沙汰に並んでいる。

「ところで彼、倉橋といったか？」

長瀬の黄色いTシャツが、私を現実へと引き戻す。七年前の時空へ通じる門が、突然の強い風で閉ざされたように感じる。

「ええ。倉橋克秀」

「そうか」

院長の顔で、長瀬が唸った。

「どうしたの？」

「いや」

それきり考え込んでしまった彼をうながし、車に乗り込んだ。クリニックでのミーティングが済んだら、あとに五件の往診を控えている。なにがあろうと立ち止まらず、とりあえず行動しなければならない。

「君はうちのスタッフだ」

「君は……って、急にあらたまってなに？」

車を発進させると、長瀬が口を開いた。私は前を向いたまま訊き返す。気になることでもあった？　まさか彼、指名手配犯になってたりしないでしょうね。

「そっちがよかったよ、どうせなら」

助手席のシートへ深くもたれ、長瀬は、めずらしく投げやりなため息をついた。

「よくない知らせよね」

心の準備をする。返事はない。頷いたのかもしれないが、運転中の身では確かめようがない。

「教えて。もし彼がまずい状況にあるというのなら、私、力になってあげられるかもしれないでしょ」

自分でも驚くような早口で催促すると、

「話す前に、一応訊いておきたいんだ。なぜあの場所で出くわしたか、理由は考えてみたか？」

「あの場所？」

続く長瀬の問いかけが、私の目を醒《さ》まさせた。車を路肩へ寄せ、サイドブレーキを引く。ロマンティックな偶然の再会？　勿論、違う。

「ヒデはホスピスに……知り合いを見舞った」

わざと、見当違いを言った。

私は、どうして「あの場所」で出会ったかなんて考える余裕すらなかった。とても驚いて、嬉しくて、哀しくて、そして恐さが兆して、最初から最後までただ彼がそこにいるという事実に圧倒されていた。

「もう気がついてるんだろ?」

長瀬が、過《あやま》たず真実を見つめよ、と私の正気を揺り起こす。

「僕は彼と、中ですれ違った。館内施設の説明を受けていた。一緒だったスタッフから、打ち合わせ中に医局で見た資料が彼のものだと耳打ちされた。下の名は忘れたが、名字は倉橋で間違いない」

この先を聞きたいか? 長瀬は私に選択権を委ねた。君は、ホスピスの外部スタッフでもある。患者の情報を知ることができるんだ。

「友人として、真紀が直接彼に訊ねるという方法も、ある」

私は、反射的に首を左右に振っていた。

「今、聞いておく。私がなにも調べずにいるとは、彼だって思ってない。だから、さっさと帰ったのよ」

「そうだね」

長瀬の声に、濁《にご》りはなかった。センテンスを切り、ゆっくりと事実が告げられる。

「真紀、彼は、グリオーマだ」

私は目を瞑り、拳をハンドルへ打ちつけた。

II

　長瀬と私はホスピスにとって返し、倉橋克秀のカルテを詳しく検《あらた》めた。しかし、ふたりして角《つの》つき合わせたところで、診断がくつがえるわけもない。何度所見を読み返そうと、白いシャーカステンに挟んだ写真へ目を凝らそうとも、突きつけられた事実は変わらない。

　グリオーマは、原発性脳腫瘍の三分の一を占める。中でも、星細胞腫《せいさいぼうしゅ》と呼ばれるタイプがもっとも多く、ヒデはそのグレード4、悪性度では最悪に分類される膠芽腫《こうがしゅ》を発症していた。

　湿潤、という特徴を、星細胞腫は持つ。

　周囲の正常な細胞と、悪性の腫瘍との境目が、滲んだように判然とせず、造影剤を使ったCTにも白くぼやけた境界として写る。

もし、わるい部分をすべて取り去ろうとすれば、湿潤より外側の、健康な細胞にメスを入れなければならない。

首から下の癌細胞についてなら、その方法で除去することにためらいはないだろう。しかし脳は、場所ごとに担う役割が細かく決まっていて、傷つけた部位によっては、言葉が理解できなくなったり人格が崩壊したりと、著しい後遺症を生じる。

よって治療は、外科手術が可能と判断されれば、脳の機能を損なわない範囲で腫瘍を摘出し、残った部分は放射線で叩くという手段をとる。放射線治療と組み合わせ、ニドランなど抗癌剤を使用する場合もある。

ヒデの最初の治療は、脳腫瘍の診断が下った半年前、ガンマナイフという比較的新しい放射線治療機器を用い、行われた。腫瘍は、小さなものが四つ、寄り集まったように左脳の運動野にあり、放射線によって一旦は消失したかに見えた。

しかしヒデは、維持療法として重要な放射線の全脳照射や、化学療法を拒んだ。彼はその後、外来での経過観察にすらまともに応じていない。当時彼が住んでいたアムステルダムの病院の担当医は、何度も電話するが応答なし、と書類に記している。

「発見が比較的早かったのは、ピアノを弾くからだろうな。神経内科を受診した時の主訴は、右手指の不全麻痺だ」

下を向いたまま、長瀬が言う。

「切るべきじゃなかったのか？　命には代えられないだろう」

指の動きと命とを天秤にかけ、指を選び取ったピアニストは、先月、右下肢の痺れを訴え、同じ病院を訪れている。

再発だった。

膠芽腫は、まず、左脳運動野の手首の動きを司《つかさど》る部位と、すぐ隣の手指、そして足と足の指に関係する位置に、あらたに発症している。ＭＲＩで発見できた腫瘍は合計一〇箇所。残りはきわめて小さく、顔の感覚神経の部分に見られた。

左脳は、身体の右側の運動を支配する。ヒデの右手と、右の足は、腫瘍のせいでうまく動かせない筈だ。左利きだと嘘をついた、薄い唇を想う。

「グレード４の五年生存率はたった一割だが、もし半年前に充分な治療をしていれば、その中に入れた可能性が大きい」

私は、そうね、と相槌を打った。

ピアニストを断念しても、作曲や、子供に音楽を教えるという選択肢もあった。思いどおりに生きていける人間などそうはいない。だからせめて、挫折ではなく、方向転換して、肉体の変化を受け入れて欲しかった。

「意志が強くて、潔癖な人なの。だから人知れず努力して、その分、プライドも高い」

「くわしいね」

顔を上げると、長瀬の真剣な眼差しがこちらへ注がれていた。ヒデと親しく過ごした日々のことを、正直に打ち明けるべきだろうか。だが長瀬はすぐに、手元のカルテへ視線を転じてしまった。

「真紀、プライドの問題で治療を打ち切るのか？　時間を稼ぐ方法なら残ってる。これからでも遅くない」

いや、再発があった以上、手遅れには違いない。

「再発後は……ほら、投薬のみで化学療法も試みてない」

現代の医学水準では、完治はあり得ない。残されているのは、どこまで延命するのかという問題だけだ。そしてそれは、本人がどのような生活を望むかで決まってくる。

「リンデロンが有効なのは、長くても三ヶ月。知ってるだろう」

腫瘍の周囲に起こった脳の腫れを、ステロイドが鎮めてくれる。だが、ヒデがこの薬を投与されてから、すでにひと月以上が経過している。残りは二ヶ月もない。

「聞いてるか、真紀。あとは、いつなにが起こってもおかしくない」

腫れ続ける脳は、限られた容積の中で出口を探し、脳ヘルニアの状態となり、脳内出血を起こす。その先は、意識不明、呼吸停止。

「まだ若い」

「だけど、納得ずくで治療を拒んだのよ」

「やるだけのことをやれば、確実に生存期間は延ばせるんだぞ」

彼が、ヒデにどんなことを試みさせたいかわかっている。

「少しでも長く生きて欲しいと思わないのか？」

一度は言ってみるべきだ。残される人間のために努力する気はないか、と。長瀬の言い分に間違いは見当たらない。

「やってからあきらめても遅くない」

「わかってる。でも、ここはホスピスで、彼は、病院よりこちらを選んだ。ほかの患者さんの意思は尊重して、自分の知り合いなら介入するというのは、おかしいと思うの」

往診の予定時刻が迫っていた。

私達は、それからろくに言葉も交わさずクリニックへ戻った。終わってしまったミーティングの報告を受ける長瀬を横目に、私は急いで薬品を車へ積み込み、今日最初の訪問先へと向かった。

再発してからのヒデは、対処療法として薬を飲む以外、一切の根本的治療を行っていなかった。脳にある腫瘍であることから、外科手術を施《ほどこ》すには難しく、その大きさから、前回使用したガンマナイフも断念された。

腫瘍を叩く最後の手段は、放射線の全脳照射と抗癌剤などの化学療法を組み合わせる方法で、その副作用は、少なからぬ苦痛を彼に強いるだろう。

古い団地内の路肩に車を停め、私ならどうするか、と考える。

自分が耐えられないことを、人に無理強いしてよいものだろうか。いや、長瀬なら耐えるのだろう。私は、ドクターバッグのビニールテープで補強した取っ手をつかむと、勢いをつけ車外へ出た。

ところどころ錆《さび》が目立つフェンスに囲まれた公団住宅は、末期癌患者の在宅医療の現場としては珍しい住環境かもしれない。

ここに住まう小久保《こくぼ》という男性は私の恩人で、健康さえ害さなければ来年で定年を迎える歳だったが、現在は闘病に専念し、児童福祉士の仕事を辞めていた。

「立派になって」

脈をとる私に、小久保が口癖を言う。

姉の死体を介抱していたあの日、私は、彼に手を引かれ夕暮れの児童福祉施設にたどり着いた。ほかでもない私自身が、実の父親を殺人犯として警察に突き出したからだ。

「脈拍、血圧、体温とも特に変わりないですね。横になるより、座っている方が楽なの？」

娘を殺した父親は、一審で有罪判決を受け、控訴した。暴力をふるったことは認めたものの、頭を打ったようには見えなかった、と主張し、裁判で徹底的に争う姿勢を崩さず粘った。彼が刑務所に収監される頃には、私は、小久保の知人の医師夫婦に養女として引き取られていた。私のせいで罪人にされた男とその親戚達が、親を裏切るような子供とは縁を切りたいと、弁護士を通じ強く希望したためだった。

「背中と、胃が、重苦しくってな」

「痛む？」

「いやいや、きりきり痛んだりはしない。どうにも身の置きどころに困る、ってな感じだな」

肺癌、それも手術不能の腺癌と診断され、五ヶ月経つ。二ヶ月前には脳への転移が見つかり、放射線の全脳照射と化学療法を開始したが、効果よりも衰弱が早く、治療をあきらめ家へ戻った。

「けどな、真紀ちゃん、あんなことされるよりゃ、こっちがいいさ」

ヒデの命をいくらかでも延ばす治療法というのは、それだ。

「あれは俺の体質に合わねえ。吐いたり、むかむかしたりってのは、健康にわるい証拠だろうよ。あやうく、殺されかけた」

笑いが、やせこけて皺くちゃの顔を明るくする。病院で殺されかけた、は彼のお気に入りのエピソードだ。

「おじさん、主治医を一喝してやったのよね」

「君は患者を毒殺するつもりか、と怒鳴ってやった。そうしたら若造、しっぽ巻いて逃げ出しやがった」

「あの病院の伝説になってるのよ、おばさん」

すっかり聞きあきただろう武勇伝が終わるのを物問いたげに待つ妻へ、水を向ける。彼女は、瞳を輝かせ、熱っぽく性急に言った。

「真紀ちゃん、痛みがなくなったのは、前よりちょっとはよくなってるからじゃないかしら」

その瞳が、潤んでいる。私は、長瀬のやり口を真似る。

「前回診察した時より、今日の方が顔色がいいみたいですね」

「やっぱりそう思う？」

ええ、と頷き、彼女のささやかな満足が消えないうちに、話題をすりかえる。

「環境がいいのかな」

「よくなってる」わけなどないと、彼女もわかっている筈だ。ベテランの長瀬の注文は、嘘をつかず奇跡を否定せず希望を援護しろ、だ。

「担当医をどやしつけるような頑固《がんこ》親父が、おばさんの言うことならなんでも大人しく従うんだものね」

「聞きましたか、お父さん」

在宅患者の家族は、果たして充分なケアが行えているものかと、常に気にしている。家庭が病院より劣ると、本気で信じているらしい。

「ところでおじさん、背中と胃の重苦しい感じ、眠れないくらい？　よく効く薬があるけれど、置いていきましょうか」

一本残らず頭髪の抜け落ちた、頭蓋骨に血管と皮膚を貼っただけのような頭が、くるりとこちらを振り返る。さっきまで元気そうに話していても、急に呆《ほう》けたように窓の外を眺めてみたり、呼びかけに反応しなくなったりする。

「なんだって？」

放射線の全脳照射には、毛髪を落とし、のちには痴呆症状を引き起こす副作用がある。ただし彼の症状は、病気の急激な進行によるものだろう。

「背中が苦しくて、横になれないと言ってたわよね？」

「ああ、身の置き場がなくてな。転げまわるほどの痛みは消えたがね」

風邪の発熱でも処方されるボルタレン、いわゆる、非ステロイド性消炎鎮痛剤では当初から効き目なく、入院中は麻薬拮抗性鎮痛剤、そして現在、硫酸モルヒネ徐放錠のMSコンチンを使用している。

「なんとかならないかね。眠れたらいいんだ」

「なりますよ。大丈夫」

これまで三〇ミリ処方していたものを、六〇ミリに増量する。

「あのね、紫の錠剤をやめて、今度、オレンジ色のを出したから。同じものだけど、効き目の強さが違うの」

それから妻の方へ向き直り、

「これで、様子を見てみましょう。もし吐き気や、息苦しさなんかがあるようだったら、何時でも迷わず電話してね」

薬品の解説と使用上の注意、副作用などについて記した紙とともに、薬を手渡した。

「それではね、おじさん。私、これからまだ四つもお座敷かかってるから」

「そうか、売れっ子だな」

小久保は笑い、ふたたび意識が清明になったのか、働き盛りの頃を思わせるきりり

とした表情を浮かべると、

「そうだそうだ、忘れるところだった」

こちらへ来なさい、と私を手招いた。ベッドへ近寄る。

「新しい手紙だ」

読むかね？ 目で訊く。差出人の名は、口にしない。

「おじさん、それだけは……触るのも嫌」

彼の手にある、その封筒の姿かたちだけで、あの男からの便りだとわかる。彼は、刑期を終えてからしばらくして、小久保に近況を伝えてよこすようになった。結びには必ず、「真紀にも読ませてください」と記されているらしい。だが、私は一度として、中身を目にしていない。

「会いたがっている」

私は首を横に振る。

「身体を壊しているらしい」

それは、ずるい。

「人の気持ちは変わるものだが……。お父さんは、もうあの頃のお父さんではなくなっている。そうは思えないかな」

だから私にどうしろと？

「老いれば、誰しも弱気になる。身体が弱るとね、どんなに強かった人間も、ようやく、弱い立場を思いやれるようになる」

それでは遅すぎる。

自分が弱者に転じたものだから心を入れ替え、それを理由に、過去の悪しき行いを免罪しろと？

「私、早紀ちゃんのことは、どうしても許せない」

「そうか」

「私の母親は、産んでくれた母と、今の母と、ふたりいるけれど、父親は、藤原の父ひとりだけなの」

ごめんなさい。

便りをよこした男にではなく、ずっと心を痛めてくれている小久保に、言葉にならない謝罪をした。小久保は長くない。私とあの男との間に挟まれたまま、想いを残し、逝くことになる。

「引き留めてすまなかったね。さあ、もう行きなさい」

小久保は、介護用ベッドに薄くなった上体を起こし、背に当てた大きなクッションへ埋め込まれたような体勢でこちらを見ている。

「痛くなくても、会いたくなったら電話してね」

「暇つぶしのネタが尽きたら、今度は真紀ちゃんをやり込めて友達に自慢するかな」

「ええどうぞ。でもねおじさん、とびきり苦い薬とか、お尻にする痛い注射とか、私がいろんな飛び道具を持ってるの、忘れないで」

「おい、こちとら病人なんだから、手加減しねえとくたばっちまうぞ」

余命一ヶ月もないだろう小久保は愉しげに笑いながら、早く行けというように、不自由な腕をかすかに揺らしてみせた。


生命としての営みを開始した瞬間から、生物は、緩慢に死に始めている。あたらしい命の発生が、そのまま、来たるべき終わりへの準備でもある。

誕生とは終わりの始まりで、生物は、終焉へ向かい前進を続ける。

そして、その間のひとときに、この世界になにかを生み出す。命や、情念や、美しいものや哀しいもの、残される者の中に生き続ける記憶、少しの人が富や、禍《わざわい》を。ヒデとの再会が、偶然などではないと、よくわかっていた。勤務医の消息をたどるのにそう苦労はない。

入所にあたりホスピス側に提出された資料によれば、紹介者である日本の大学病院の主治医は、初回の診察時に、オランダの病院で作成された詳細な書類をヒデから受け取っている。

専門医の所見と、様々な検査結果、投薬の記録、ガンマナイフなど治療の経過と成果、それらすべてが、わざわざ日本人医師向けに書き直されたとおぼしき英語の書類にまとめられ、数枚のCT写真とともに資料のファイルに添えられていた。

最初の脳腫瘍の診断と治療を受け、そして再発を見るまで、ヒデは日本ではなく、オランダのアムステルダムに暮らしていた。職業はピアニスト、特記事項として、「人工呼吸器や心臓マッサージや栄養点滴などの一切の延命治療は望まない」。緊急時の連絡先は、親族ではなく弁護士だった。

帰国に際し、彼は、アムステルダム旧市街のアパートを引きはらっていた。現住所として、都内のマンションの一室を記載している。

ピアノは、どこへやったのだろう。船便でまだ海の上だろうか。それとも、指や腕が思うように動かなくなったために自棄《やけ》を起こし、向こうで売り払ってしまったのだろうか。

次々と休みなく湧き上がる様々な疑問は、自分の職場のひとつでもある丘の上のホスピスへ出向くだけで、解決される筈だった。ただ訊けばいい。離れていた間、彼がどのような暮らしをしていたか。なにを見、どこへ行き、誰と出会い、今はなにを想うのか。帰国は、日本が恋しかったせいなのか。

ホスピスのサンルームには、入所者の家族から寄贈されたグランドピアノがある。持ち主であった女性は他界したが、愛用したピアノが、入れ違いにやってきた。それからはずっと、訪れてはやがて必ず去っていく人々の、長かったり短かったりする通過を、定点観測で見守っている。

時には、幼稚園の先生をしていた子宮癌の女性がシャンソンの弾き語りをし、ある時は、車椅子の男性が人差し指一本で童謡のメロディーをとつとつとたどる。ひと月に一度はボランティアの演奏会があり、半年ごと、近くの盲学校で調律の技術を学ぶ生徒が、無償で具合をみてくれる。

ヒデは、あの古いスタンウェイを気に入るだろうか。それとも、嫌うだろうか。ピアノの音が聴こえたら、つらくはないだろうか。

「バッハ弾き」と言うらしい。

音楽に疎かった私は、ヒデに出会うまでその言葉を知らなかった。

彼は、幼い時分からバッハを聴き、バッハを弾き、その彼のバッハで、ピアノの師と対立し追放された。そしておそらくは、バッハのためにアムステルダムに住んだ。彼がしきりに憧れを口にしていたレオンハルトという演奏家は、確か、アムスで教えていた筈だ。

ノン・レガート。

二分に満たない曲をいつもどおりに弾き終え、そうヒデは言った。真紀、これから、こいつをまともに使ってレガートでやるからよおく聴いてろ。大学を去る直前の彼が、金色のペダルを踏み、ガコンガコンと空音を立ててみせる。そしておもむろに、先ほどと同じ旋律を奏でる。私の好きな、ゴールトベルクの第一六変奏だ。

それは彼のバッハではなかった。私の好きな曲でもない。私は、ショパンみたい、と感想を言った。この時まで、私は、ひとつひとつの音を独立して響かせる彼の演奏スタイルが、あまり一般的なものではないということすら知らずにいた。

ヒデは、彼の言葉を借りれば「技巧を磨く」目的で、「心から尊敬できる素晴らしい教師」に素直に従い、熱心に学んだ。そして、「譜面に技を当てはめていく」演奏スタイルで、コンクール用の曲を完成させた。彼の友人は、入賞間違いなしという前評判だよ、と私に耳打ちした。

しかしステージでは、教師の指導に基いたその演奏とはまったく別の、ペダルの使用をぎりぎりまで抑えたマニエリストのやり方で、同じ曲を弾いた。客席にいた私は、いつものヒデのピアノを安心して聴いた。だが隣席にいた彼の音楽仲間は、演奏が終わるなり、反逆だ、とひとことだけ言い立ち上がると喝采を送った。

結果は最高賞。彼の才能を誰よりも高く買ってくれていた教師は、見事に裏切られたにもかかわらず、指導の成果を各方面から評価された。その時から、師と弟子の確執が始まり、ヒデは日本を去ることになる。

病をたずさえ、前触れもなしに舞い戻った彼は、きっと、誰かの前から説明もなく姿を消して来たのだろう。連絡先が弁護士なのは、そのせいだ。

七年前、私が、空室になっていた彼の部屋のドアへ成す術《すべ》なくもたれていたように、おそらくは女性が、春浅いアムステルダムの曇天を仰ぎ、行方の知れない日本人の恋人を想い泣いた。

私は知っている。ヒデが、そうやって自分を愛してくれている人間を平気で裏切るのは、相手をおとしめるためでなく、自分の価値を正当に受け入れていないせいだ。愛されていい資質があると、けっして認めようとしない。だから、絶対に言いわけをしない。また、置き去りにされ悲しむ人間がいることも、無視する。

俺と真紀の共通点は、自己評価が極端に低いってことだ。そう得意げに、二四のヒデは言ったものだった。

全力を尽くしている時でさえ、俺は、自分を最低な人間としか思えない。だからこそ、人一倍練習して、それなりにピアノが弾けるようになった。真紀も、頭は全然よくないくせに、高望みして医者の勉強なんかしているしな。でもそれでも、まだまだ足りないと悩む日もあるだろ?

初めて訪れる街の、人気のない深夜の駅へ降り立つように目を凝らす。知らぬ間に犯す過ちや、忘れもの、見落とし、失念、それらがいつかこの身を滅ぼすと、頑《かたく》なに信じている。所在ない焦りが、私を突き動かす。それは死への憧れより強い。

あれもこれも、これまで行ったなにもかもが、不足だったと感じる。あらかじめ失われている筈のものを探す。それがなにかは知らない。

しかし同時に、回送されていく終電車のテールランプをホームから見送るように、終わりの静けさを見届ける覚悟がとうにできているとも感じる。

あきらめてるくせに頑張っちまう、とヒデは笑った。

見切りをつけました、と澄ましながら、俺も、真紀も、悪あがきをやめられない。努力、と人は言うよな。達成感なんかいくら探してもどこにもない種類の人間の、際限のない自己懲罰をさ。

姉を見殺しにした私は、成長する間、死を目標に生きていた。今は、クリニックの壁のボードを、当座は死ねない理由として仰ぎ見る。

そこには、具体的な明日が書き出されている。待つ人の許へ、私は行かねばならない。先にあるものを見つめ前へ動き続けなければ、私はおそらく、自分自身の重みに耐えられなくなるだろう。

鋼鉄製の巨大な旅客機が、その動力を頼みに、推力と揚力とを味方につけ、渡り鳥のようにはるけく、抗力をものともせず空を航行するように、憂鬱な重量を克服するには、常に動き続けるしかない。だが、私とヒデが、ベルヌーイの定理をどのように応用しているのかは謎だ。私達に翼はない。

極楽鳥の学名はパラディセア・アポダだと、ヒデに教わった。

日本語に訳すなら、天国の脚なし鳥、かな。真紀は理系だからリンネは知ってるよな。彼が名づけたんだ。生きている間はずっと空を飛び続けるから脚はない、と信じられていた。だけど、捕獲しようとしてもなかなか発見できないのは地上に降りないからに違いない、って考え方、納得できるか？

実際には、極楽鳥は立派な脚を持つ。そして、眠っていてすら羽ばたき続けなければ死んでしまう、などという不便な特性は持っていない。

熱帯雨林の重なり繁る枝に絡まった一枚の羽根、あるいは、地上へ墜落し肉食獣に食い千切られた死体としてしか発見されない、熱帯アジアの鳥の、五〇センチもある長く豊かで鮮やかな黄や白の羽根は、植生分布の変化に乏しい北の地に暮らす人間にとっては、荒唐無稽な迷信を信じさせるに足る眩《まばゆ》さであったに違いない。

ヒデは、羽ばたきをやめたら死んでしまう、という性質はまるで自分達のようではないか、と私に訊いたのだった。

よりによって、なぜ、そんな彼の脳が冒されたのだろう。その上になぜ、私の許へひょっこり舞い戻るなどという愚行を、犯すのだろう。

私にとって、ヒデは、手の届かない高みまで舞い上がり消えた、特別に美しく珍しい鳥だった。

彼は、欧州のどこかで音楽家として成功し、私のことなどすっかり忘れている筈だったのだ。

なにも知らずに済めばよかったのにと、私の心の醜い部分が低く囁いた。

七年ぶりの再会の日以降、私は、ヒデとは会わずに過ごした。

ヒデの真意を知ることが、私にどんな影響をもたらすのか、それを恐れていた。すでに彼は、穏やかに安定した日常に、実に細かなひび割れを生じさせてしまった。連続していた時間を細切れに分かち、日に幾度も、忙しく働く私の意識をがくんがくんと急停止させる。

私は、パーキンソン病患者に定期的に行う採血で、ヒデの腫瘍の色を想う。狭心症の老女の血圧上昇に、彼の脳圧を案じる。リハビリでパソコンのキーボードが打てるようになったと喜ぶ、脳卒中を克服した老紳士の不自由な指には、表現手段を奪われたピアニストのそれを重ねる。

長瀬は、静観を決め込んでいる様子だった。

面会に行ったかとも、治療は勧めたのかとも訊かず、まして、過去を詮索するようなことはなかった。忘れているのではない。彼なりの思いやりから、あえて口を挟まずにいるのだろう。

再会から、一〇日が経過していた。

午前の往診から戻った私は、クリニック近くの喫茶店で来客が待っている、と事務職員の坂本《さかもと》から耳打ちされた。佐竹《さたけ》医長ですよ、ホスピスの。

「どうしてあなたって、時々ひそひそ声になるの?」

「僕が、患者さんのことでご相談にいらしたんですか、と訊いたら、あの物腰の穏やかな佐竹医長が、私的な用件だから他言無用、ってそりゃあ恐ろしい顔をして言ったんです。院長に告げ口したら真紀さんの査定が下がりますよ、って。どういうことです、いったい」

求人広告を見て訪れた元陸上自衛官の坂本に、私は、採用責任者として出会った。

彼は、子育てと両立できる近所での仕事を探していた。

あの日、坂本は、背中に赤ん坊を背負い、胸にも赤ん坊を抱き、まだ誰も出勤していないクリニックの、職員通用口前に立っていた。急患ですかと慌てて駆け寄る私にほほ笑みかけ、双子です、とそれぞれのふくふくした顔がよく見えるよう、身体を回転させる。おはようございます、採用面接を受けにまいりました。

かわいい赤ちゃんだこと。奥さま似？　負ぶい紐と抱っこ紐を交差させてるのね。ふたりは、さすがに重いでしょう。

いえ、僕からできたものですから。なんのこれしき、って感じです。

そう。ではさっそく、業務内容の説明をします。入って。

三〇秒で採用決定ですか？　ホントに？

朝一番乗りした人に決めるつもりだったの。なにしろ忙しくって。

「院長が、シンポジウムで留守でよかった」

ひそめた声で言い、坂本は事務所内を見まわす。だが昼で、電話番の彼以外、スタッフの姿は見当たらない。

往診専門を掲げつつ、午前中だけは外来診療も行うが、午過《ひる》ぎからは皆出はらい、せいぜい一五分か二〇分、休憩を兼ね、鞄の中味を補充しに立ち寄るのみとなる。

「お給料のことも、院長のことも、あなたが私の立場を考えてくれてるのはありがたいと思うわよ。でも誰もいないのに、こそこそしなくったって」

更衣室のドアを開ける私に、任地のカンボジアでひと目惚れしたという妻と暮らす坂本は、どこに耳があるかわかりませんよ、と耳を澄ませばようやく聞こえる程度の声で話す。

「ある患者さんが、僕と世間話をする隙に、盗聴器を仕掛けたことがあったんですよ。わかりやすいペンタイプのでしたが、事情を訊くと、自分は重い病気なのに家族が隠してるから、病院の様子を探りたかった、って泣き出してしまって大変でした。院長には内緒にするって約束したので、よろしくお願いします」

「その人が、またなにか仕掛けてると思うわけ？」

「無理です。亡くなってます。実はその後も、ソケット型の盗聴器を見つけまして。こちらは院長にだけ話してあります」

「やっぱり患者さん？　それともライバル病院かな」

「こんな貧乏病院のライバルなんていますか？　誰も、歯牙にもかけてないですよ。

院長を敵視する人ならいますけどね」

「厚生労働省?」

違います、と坂本は軽蔑したように否定した。誇大妄想です真紀さん。

「院長の結婚を阻止したい、と公言している人物が、僕の知るだけで三人います。田《た》所《どころ》さんと、志村《しむら》さんと、桜井《さくらい》さんです」

田所氏はいたって健康だが、毎月の第一月曜になると不調を訴え、張り切って受診に訪れる。スタッフは、月例人間ドックとその日を呼ぶ。

志村米穀店の店主は、若かりし頃に米俵をひょいひょい担いでいた自慢話を十八番にしているが、現在は、脳梗塞の後遺症から電動車椅子を愛用し、天気と機嫌のいい日は配達の品を搭載して路地を暴走する。

「ふたりの男性は、あんな忙しいオッサンと結婚なぞするもんじゃない、って私にも抗議してるけど、桜井さんという人は知らない。院長の担当?」

「彼は院長が好きなんでしょう」

「それはよかった」

「僕も、あの三人の誰かだなんて思ってません。でもやはり、院長と同じ臨床医とは思えない上品で知的な佐竹医長と密会、などとは大きな声では口にできないんです」

「よく……わからないけど」

「結婚相手のヘッドハンティングだったらどうしますか」

「それこそ誇大妄想です」

サラリーに釣られないでください、と囁く留守居役を置いて、私はたった三軒先の喫茶店へ向かった。夜は居酒屋になる常連客の多い店で、密会もなにもあったものではない。

「あの事務の人は、いつもなにかに警戒しているように迎えてくれますね」

店の奥から軽く手を挙げて合図した佐竹は、テーブルを挟み腰を下ろす私に、そうだなあ……スパイみたいに、と愉快そうに言った。

「仕事を楽しんでいるだけで、実際には、とても優秀な人です」

「職務上の守秘義務がありますからご安心ください、などと意味ありげに囁かれるのでは、患者さんは恐がるのじゃないかな。私は、正直どきどきした」

「お年を召した方には、人気絶大ですよ。うちの患者さんでなくても、散歩途中に立ち話をしに寄るだけの人までいますから。せいぜいあの調子で、交流を深めてくれればと。設立当初は、高額な医療費を請求する得体の知れない病院らしい、なんて恐がられていた経緯《いきさつ》もあるので」

間合いを計っていたらしい顔馴染のマスターが、手ずからお冷のコップを持ってくる。クリニックってカタカナの名前が怪しかったんですよ、と笑う。

「ところで、日替わりランチは刺身定食だけどどうするね」

佐竹の前には、コーヒーと、空の皿だけがある。この花柄はローストビーフサンド用だ。食事を終えている人に呼ばれて、定食を頼んでもいいものだろうか。メニューの書き出された黒板を見上げる。マスターは、いい鯛《たい》が河岸《かし》で誘惑してきてさ、と恥ずかしげにつけ足した。

「じゃあほかでもない、マスターのお勧めをいただきましょう」

「ここだけの話、今日の定食、鯛のおかげで原価割れなんです。朝からうちのと睨み合いになりましてね、憂さ晴らしとかで、こんな昼日中からバッティングセンター行っちまいましたよ」

噂では高級料亭で修行を積んだという元板前のマスターは、重い糖尿病で切断して以来義足を使っている左脚を軽く浮かせると、健在な右の踵《かかと》で格好良くくるりとターンして、カウンターの奥へ戻っていった。

「彼の腕に敬意を表して、用件は、食事を済ませてからにしましょう」

ところでバッティングセンターは夜の娯楽だったのですね。佐竹は言い、ホスピス周辺にある店のランチ評が、食事中の話題に選ばれた。彼は、仕事柄か食べるという行為がとても尊いものに思える、と目を細めた。

独身の佐竹は、休日に一週間分のだし汁を作り冷凍しておく、というマメな性格の持ち主だった。朝と晩は、ずい分前に亡くなったという妻直伝のおそうざいでしっかり栄養のバランスをとり、昼は、面白そうな店を探す。

もれなく青汁がつくランチセットや、カマンベールチーズを丸ごとフライにしてトッピングするカレー、それらの発掘談を、彼は、独特の品の良さで語った。

「でも佐竹医長、カマンベールをホールでというのは、食べきれるものですか？」

「若いのを誘って行きますから、気合いが試される料理は彼らに」

しかし私にコーヒーが運ばれると、佐竹は急に黙った。店内を見まわしてから、テーブルの上へ組んだ両手に視線を落とす。

「倉橋克秀氏が今後も問題を起こし続けるようなら、退所していただかねばならないのでは、とスタッフが要求しています」

倉橋克秀氏、とは、ヒデだ。

「スタッフは頭が下がるほどのプロですから、並大抵では動揺しません。精神的に追い詰められた方は、一過性のこととはいえ、物を投げつけたり食事をひっくり返したり、時には暴力で、心情を表現なさいますからね。勿論、そんなことは承知してらっしゃるでしょう」

「はい」

忙しく、考えをめぐらしていた。

ヒデのカルテを見たあの最初の日、長瀬が佐竹に説明した。入所者向けのオリエンテーションを受けていた男性は、「偶然にも」私の学生時代の親しい友人であったと。そのほかにも、ホスピス医長である佐竹が知り得た事実はあるだろうか。「親しい友人」であるという以外に、ヒデの様子から、あるいは私の表情から、なにかを感じ取っただろうか。だから、長瀬の留守を狙って訪れたのか。

「まず彼は、検温も血圧測定も拒否しています。担当者が出向くと、脈と体温と血圧をメモした紙が、彼の部屋のドアに挟まれています。毎回、同じ数字です」

ヒデは、積極的な治療を放棄して入所した。だが脳圧を下げる薬と、痛みや不快さを緩和する薬は、生活の質を維持する目的で服用を続けている。薬を処方する側としては、体調を観察する必要がある。

「それから、アルコールと煙草をたしなまれるのは自由、という規則になってはいますが、ところかまわず咥え煙草で歩きまわられては、呼吸器に問題のある方の迷惑になります。外出も、確かに二四時間お好きにしてもらう方針ですが、でも彼の場合は……」

佐竹は、夜ごと外出するヒデが、深夜には複数の着飾った女性達を引き連れて帰り、自由に使用できる応接室で、高価な酒を振る舞いつつ乱痴気騒ぎをするため、もとより夜には不安で寝つけないと訴えている少なくない入所者の中には、病状に影響を及ぼすケースさえ見られ始めた、と抑えた調子で語った。

「乱痴気騒ぎ」とはどんな様子を言うのだったか。久しぶりに耳にするその語彙《ごい》と、私の知る倉橋克秀がどうやっても重ならない。

「外食も、出前を取るのも、皆さんやってらっしゃることですからけっこうですが、彼は、入所してからただの一度も、私どもが出す食事に手をつけてくれません。それでいて、わざわざ食堂やサンルームへやって来ては、喉頭や肝臓をわるくしてらっしゃる方にお酒を勧めたりします。今さら好きなものを我慢してどうするのだ、と彼に言われた男性は、急性アルコール中毒を起こして自室の床に倒れているところを発見されました。幸い、大事には至りませんでしたが」

ひとしきり語った佐竹は、口を結び少しの間黙ると、ゆっくりした瞬《まばた》きのあとで、私の目をまっすぐに見た。

「どこまでやれば追い出されるか、私どもを試しているようにも思えます。これまでにも、そういう方がいなかったわけではありません。でも彼は、そのような人物でしたか？　私が今申し上げたような。藤原さんがご存知の彼と、違うように思われる部分はありませんか？」

キャリア三〇年のこの医師は、私とヒデの関係がどんな性質のものであるかになどこれっぽっちも頓着していない。そんな下世話なことではなく、あたらしい入所者である倉橋克秀がどのような援助の手を欲しているか、その答えを得たいと願い、私に糸口を求めている。

「医長が疑問に感じてらっしゃるとおり、倉橋さんは、本来の彼とはまったく違った行動をとっていると思います」

誠実さには鏡のように倣《なら》うしかない。

「私の知る限り、これと信じた主張は意地でも曲げない性格ですが、周囲に迷惑をかけるような人ではありませんし、繊細で、静かな暮らしを好む、頭のいい人物です」

ああそれから、アルコールは苦手の筈ですが。つけ加えると、佐竹は、それは察していました、とほほ笑んだ。

倉橋さんのお酒は、ほかの入所者を寄せつけないための小道具でしょう。彼の部屋の流し台からはアルコールの臭いがしますよ。酒瓶の内容物を減らす必要があるので、適当に捨てているのでしょうね。

「ご友人に、私からお伝えすることはありませんか？」

身づくろいをしながら、佐竹が訊いた。

「まだ、実際に退所させるかどうか、会議など持たれたわけではないのでしょう？」

「はい。入所してしばらくは、落ち着かなくて当たり前ですからね。もう数日、様子を見て、それから検討することになるでしょう」

「でも医長は、彼が意図的に波風を立てていると思ってらっしゃる」

佐竹は肯定も否定もしない。腰を浮かせ、

「では、これでおいとましますが、情報提供のお礼としてここは私におごらせてください。それから、患者さんのプライバシーにかかわる相談とも言えますからね、長瀬君には、今日のことは内緒にしましょう」

伝票をつかむ。

「伺います」

私は、佐竹の背中へ呼びかけていた。

「明日にでも、私から話してみます。まだ面会に行っていないので」

グラスを磨いているマスターは、聞いていませんよ、という素振りで窓の外へ顔を向けている。だが私には、なにも、本当になにひとつ、やましいことなどない。

「助かります」

佐竹は、ふかふかした掌《てのひら》で私に握手を求めた。

III

入室遠慮願います、という意味の赤いランプが灯《とも》る引き戸の前で、廊下に人影がないことを素早く確認してからそっとレバーへ触れる。部屋の戸は、軽く力をかければゆっくりとスライドして開くよう作られている。

歓迎されない女性ゲスト数人と、深夜から朝食の時間まで酒盛りをしていたというこの部屋の住人は、ベッドの中で身じろぎもしない。

私は、あとに控える往診用の書類を、さも今ここで必要としているかのごとく白衣の胸に抱え直す。そして耳を澄ませ、もう一度辺りの気配を窺ってから、倉橋克秀の居室へ身体をすべり込ませた。

ホスピスに病室はない。ここはそれぞれが好き好きに日常を過ごす私室であり、たとえ病状が進行し、ベッドから起き上がれない状態になったとしても、本人が望むとおりの生活を営める。

ただしそれは社会生活と同様、ほかの入所者に迷惑をかけない範囲でのことだ。

ヒデは文字どおり身を挺し、職員らの不評を買い集めた。血迷ったのではない。月並みなハプニングを、スタッフは見慣れている。だから、同情できない種類の問題行動を試みた。不安定な感情にまかせたわがままや、多少の粗暴さには寛容でも、女を連れ込めば嫌われる。

小動物のように浅くせわしげな寝息を立てる男を横目に、私は、窓際へ置かれた椅子に腰を下ろした。

ヒデが持ち込んだのだろう安楽椅子は、いかにも北欧物らしいデザインだが座面は低い。全身の力を抜き、体重を預けると、目線は彼の午睡するベッドと同じ高さになった。

ばれても、かまわなかったのだろう。

ヒデは勘がいい。佐竹と初対面の握手を交わした時から、小細工の通用する人物でないと察知していた筈だ。職員達の眉をひそめさせる騒動を引き起こしたなら、必ずその動機に気づくと予想できただろう。

企みは大成功だ。

引っ張り出された私は、こうして彼の部屋で、彼の椅子にかけ、彼の目覚めを待っている。芝居じみた問題行動が、死を恐れるあまりのありがちな情緒不安定などではないとしっかり理解した上で、のこのこやってきた。

うつ伏せで眠る男の顔から視線をそらし、そのまま庭に出ることが可能な大きな窓の方へ、上体を振り向ける。

生成《きな》りのレースのカーテンを透かして、見慣れた平凡な庭が望める。

うんざりする園芸植物が、ここでも四季を追う。夏にひまわり、秋には菊と鶏頭《けいとう》、初冬に三色すみれ、真冬に葉牡丹《はぼたん》と新年の福寿草に、春先のチューリップ、やがて敷地内各所の桜。六月に入った現在は、もっとも大食漢の薔薇《ばら》が、晩秋までの長丁場へ悠々と漕ぎ出しつつある。

植物園から移植された数本の薔薇はいずれも巨魁《きょかい》で、硬い樹皮に覆われたたくましい枝と、ちょっとした小刀のような、大ぶりの棘《とげ》を持っている。葉を落とす時期には、あらわになった奇怪な枝振りが化け物のようにも見え、窓の外に幽霊がいる、と騒いだ入所者はひとりではない。

だが実は、野いばらなど原種のそれであればともかく、園芸種の薔薇は繊細で、弱い。あの巨体も、接木《つぎき》で保たれていると聞いた。薔薇は、人の手と、薬と、高い養分を欲しがり、そのままではたちまち、虫害や病害に見舞われ死んでしまう。

病と死とは、人が自然の一員であるわかりやすい証拠、と私に言ったのは長瀬だ。

完璧とはどういうことか、考えてみてください、藤原さん。

肉体に起こるあらゆる不都合を克服しようとすれば、現在の人間を加工して、別の生き物を作ることになってしまいますよ。冷酷な育種家に倣って、作り変え、ばらしたり、組み合わせたり、選別もする。遺伝の具合で価値も決まる。完璧な花のためにばっさり容赦なく剪定《せんてい》され、接木された、その薔薇のように。

長瀬は、ほかでもないこの庭を歩きながら、私に語りかけていた。

あれはもう初冬と呼んでいい時期、引退した植木職人が入って、無償で、庭の木々に冬支度を施していた頃だった。そういえば以前は、藤原さん、と彼に呼ばれていた。結婚の約束はまだで、勿論私は、ヒデの脳になにが起きようとしているのかも、知りようがなかった。

「薔薇なんか、そんなに好きだっけか」

声は背後から届いた。

「どうしてそう訊くの」

窓側へひねるようにしている上半身を戻せば、声の主をこの目で見ることができる。だが私はそうしなかった。

「いつまでもあきもせず眺めてるからさ」

そんなに暇なもんか、日本の医療従事者ってのは。たった今しがた目覚めたばかりとは考えにくい、濁《にご》りのない声で、ヒデは続けた。

「真紀は、男の趣味から花の好みまで、俺の知らぬ間になにもかもを総入れ替えしてしまった」

「男の趣味なんて言い草は下品で失礼です」

「あいつはご立派で、俺はご立派じゃない」

「妙な比較はしないで」

「ああそうか、あの院長に求婚された時、ゴーカな花束でも捧げられたってわけか。だからぼんやりのぼせてたんだな」

ヒデの使う「求婚」という古風な語彙が、しばらく日本を離れていたあかしのようで、そして、私達が会話することなく過ごした歳月の隔たりまでもを意識させ、彼の、本気ではない冷やかしを受け止める気力を殺《そ》いだ。

「なんで黙ってる?」

私はこれまで、平穏に過ごしていた。

「どうしてこっちを見ない」

姉が死んだ時に、ひとつの時計が止まり、ヒデが消えた日に、また別の、彼との関わりで刻まれる秒針がぴたりと停止した。以来、私は、生き物としては時空に存在しながら、その外へ弾かれたつもりで暮らしてきた。

「戻ってきて大迷惑というわけだ」

しかしヒデは、二度と動かないと思っていた針を力ずくで進める。私は無理矢理に口角を上げ、ベッドの方へ向き直った。

「薔薇は、人の気に入る形になるまで操作されたものだから、もう自然の一員とは言えないのかも、と考えてたのよ。彼らは人間の手で作られたから、やはり人間に保護されなければ生きられない」

するとヒデは、すかさず、

「差別だな」

ひどい差別意識だ、と嘲笑《あざわら》うような口調で断定した。

「確かにそこにいて、土に根を張り、毛細管現象をせっせと続け、光合成をして花もつけ、おまけに人を喜ばせ、花粉を蜂にくれてやって、営々と生きてるじゃないか。それでも見くだすか？　薬や世話が必要なのは、なにも植物だけじゃないだろ」

そうだ。人間も、子供の時分、病んだ時、老いてから、他人の手や特別なケアを頼みにしているではないか。だがヒデは、

「真紀の言いたいことはわかる。人間がそうなっちまってるように、やっぱりあの薔薇にも、野生の頃とは違った作用が働いている」

とりなすように気づかいを見せたかと思うと、すぐにまた持ち前の、斜にかまえた口振りに戻り、

「作用が働く、って表現は真紀の言いっぷりだな。早くも悪影響を受けたらしい」

私を突き放した。そう思わないか、とヒデは訊き、私は無言で首を横に振る。元気ないな。ヒデが、さして気にもとめない様子で呟く。

私は、熟した苺の色に染められたとてもなめらかな革を張った安楽椅子の、ゆるく

カーブする肘掛を撫でていた。言葉が、額にだけ溜まって、ぐるぐると狭い場所を経めぐり口まで降りてこない。

ややうつむき加減の視界のはしでは、ヒデが、ベッドの上へ起き上がろうとしていた。突っ張らせた左腕を支点に、緩慢に動く。ひとつひとつの動作に、予想していたよりもずっと時間がかかる。

病人の所作は見慣れている。でも私は、ヒデの衰えた姿は知らなかった。

「それにしても」

ヒデは、なにごともなかったように続きを始めた。

「やっと来た」

つい顔を上げてしまった私を、してやったりという幼い表情で迎える。

「まったく。三〇過ぎてるくせに、他人に背中を押されなければ顔を見に来ることもできないのか」

叱る口調には、聞き覚えがあった。私を小馬鹿にするのが好きだったが、いわれのない非難を向けたことはない。そのことも、同時に思い出す。

「反論しろよ」

「いいえ、結構。職業人は人との関わりを大切にするものなの。人様の悪口なんて言いません。特に、本人の前では」

くそっ、とヒデは笑った。

「とにかく、病人にあまり無茶をやらせるなよな」

「さてね、どんな無茶をしたか私は知らないから」

「真紀がどう出るか、俺なりに楽しみにしてたのに。怒鳴り込んで来たら面白い……ことに、なる」

驚いたような目で私を凝視してから、ヒデは、視線だけを下へ落とす。

「どうかしたの？」

「いや」

左手で、初めからそうするつもりだったように右の肩を揉む。だが表情は、探るように肉体の内側へ向けられている。

「肩が凝る？」

「それほどでもない」

「だるいとか、重苦しいとか、それとも痺れる？」

「健康診断は頼んでない」

語気を強める。ヒデのそんな様子は、不自由そうにギクシャクした身体の動き同様、初めて目にする。

「ごめんなさい」

「いや、俺がわるい。身体のことで疑問があれば、こちらから訊くから」

私は取り繕ったほほ笑みで頷くしかなかった。ヒデは、歯を食いしばるような笑顔でこちらを見ている。

そのまま会話は途切れた。言葉自体が力を持たないせいなのか、それを使うだけの余裕が私達になかったのか、理由などどちらでもかまわない。

ヒデが、言葉を発しないこと、私に答えを求めないこと、言い換えれば、陳腐な演技を強要せずにいてくれることが、ありがたかった。

彼がもし、右の腕から指先にかけて感じている機能不全を正直に口にし、明快な説明を求めたなら、私は彼を失望させないために、個人的感情は捨て、事実を告げなければならない。

強がりは、強がりのまま受け入れる。病気が進行していることは、お互い百も承知だ。言葉にしてどうなる？

私達はきっと、互いに、相手の失望をなによりも恐れている。負けたくない、という感覚とは違う。相手にとってふさわしい自分であるかを、考えずにはいられない。七年前と変わらず。

ヒデがもし、ほかの入所者達とにこやかに語らっていたり、女性スタッフのアイドルに祭り上げられたり、彼らのために、クラシック入門とでもいうような人好きのするピアノ曲を奏でてあげたりしていたら、私はすっかり失望していただろう。「エリーゼのために」や「乙女の祈り」なら、適当に音符を間引き、主旋律だけ響かせたらいい。唱歌の伴奏、入所者の集いでの合唱や合奏の指導など、善人顔して引き受けようものなら、私は、病の進行よりもむしろ、彼の変貌の方を嘆いた。

馬鹿馬鹿しいやり方と、佐竹は感じただろうか。

会いに来てくれとひと言、素直に口にすればすむ。ホスピス中に嫌われるまでもない。子供じみた馬鹿をやって、自分で自分を嘲笑う必要など、実際にはなかった。呼んでくれたら、私はもっと早く来ることができた。

ヒデは、私がまだ腹を立てているとでも思ったのだろうか。あんな去り方をしたのだから、無理もない。だが私は、当時から、彼を憎むことができなかった。人が人を所有することなどできないと知っている。

今のヒデに、この私はなにをしてあげられるだろう。どんな言葉を、口にすべきだろう。医師としてではなく、ひとりの人間として、私にできることがあるのか。それとも、無力なのか。

深刻にはなるなと、彼は言いたいだろうか。私が涙を見せれば、きっと気をわるくする。励ましても同じだろう。病人扱いせず、まるであと半世紀も生きるように接して欲しい筈だ。でも、ピアノという言葉は、絶対に私から口にしてはならない。

想いにとらわれるように睫毛《まつげ》を伏せたり、ため息とともに軽く首を傾げ、こちらの瞳にしきりになにかを探していたり、あるいは目尻に親しみを表したりするヒデに、私の推測は正しいかと無言で問うてみる。

彼は、ゆっくりとした瞬きで、なにを訊きたいのだと伝えてきた。

「どうやって、私と院長の婚約を知ったのかしらと思って」

おおよその見当がついている疑問を、私は、それとわかるよう気軽に投げかけた。

「真紀が俺に言わなかったか？」

「いつ」

「この前会った時。ここの駐車場で」

ヒデの、古びた、けれどよく手入れされたサーブが思い出された。七年前と同じであるわけもなく二代目だろう。

「すごく古い、サーブ。暗い色の」

「新車では手が出ない」

ヒデが、瞳をくるりと煌《きら》めかせる。

「あれ、昔と同じ色よね」

闇に溶けるけれど、光を吸収しきってしまう黒とはあきらかに異なり、よく晴れた厳冬期の空の、未明の、地平線に薄く明けの光が走る予感をたたえた、深い藍色だ。

「ちょっとだけ嬉しかった。感傷的すぎる？」

「感傷は持病だろ。でも、真紀にしてはずい分と安易に情緒に流されてるな。車の色が昔と同じだというぐらいで」

「あれはこっちに戻ってから買ったの？」

「当たり前だろ」

中古車ディーラーから購入し、つい二日前にはより高値で別の業者へ売り払ったと、ヒデは言った。

「アムスの市内では車なんか不便なだけだから、もっぱらトラムか自転車での移動だったんだ。それで久しぶりに日本に戻ったら、無性にハンドルが握りたくなってさ。とりあえず慣れたのを選んだ。で、満足したんで手放した」

俺に懐古趣味はないよ。ヒデは、わかってるだろうとでも言うように、面倒くさそうに顔を背けた。

私の婚約を佐竹が教えたのかと、その憶測の確認はやめにした。わかりきったことを訊かれるのを、ヒデは好まない。核心を語るのも嫌いだ。必ず焦点をずらす。角度をつけ光を当てる。まっすぐだけはない。

そんな彼が、佐竹に先制され釘を打たれたと、自ら打ち明けたいわけがない。長瀬との未来を邪魔するな、と佐竹は言いたかった筈だ。ヒデに、意図が伝わらなかったとは思えない。

「じゃあまた、忘れられないぐらいには顔を出すから」

「悩みがあれば、いつでも聞いてやるよ」

「酒の相手もしてくれる?」

「あいにくと、今日から断酒するんだ」

ヒデは、立ち上がる私に左手を掲げて見せ、挨拶の代わりにした。バイバイ、と返すと困り顔をして、オランダではトッツィンスって言うんだ、と怒ったような声を出す。

「じゃあ、トッツィンス」

ここの入所者には関係ない、まして彼のものであろう筈がないダミーの書類を毅然と胸に抱き、深呼吸をして背筋を伸ばす。

ベッドの方は、もう振り返らなかった。場所に不釣合いな、細く高い踵《かかと》が出す音を響かせ、そのままためらわずドアへ向かう。

だがどうしてこの靴なのか、意識外の選択に気づき、鼓動は速く打っていた。耳障りな足音を立てないよう、ゴム底のサンダルで来ることがほとんどなのに、なぜ今日に限って、この、足首がほっそり見えるベージュのパンプスを履いて来てしまったのか。

ヒデの様子が、かつて、短い逢瀬の時間を惜しみろくに言葉も交わさず抱き合ったあとの、急いで研究室へ舞い戻るためあわただしく彼の部屋を発つ刹那《せつな》と、同じであることを確信していた。

振り向かなくてもわかる。立て膝にして、枕の上へ座り、うつむき加減の額の下から、やや上目づかいでこちらを見つめている。

ドアの直前で、私はひと呼吸置き、安っぽい感傷を、濡れそぼった犬がするように体表面から振り払う。

「薔薇の論争」

ヒデが言う。

気の迷いではない。実際に、彼は言った。

追って来た声は隠しようもなく切羽詰まっていた。振り返ると、立て直した筈の強気ががくんと崩れ、思いがけず首が、言問うように傾いだ。

「薔薇の、なに?」

ほんの数十秒余計に留まるきっかけを得て、全神経が、一斉に嬉々としてざわめく。あってはならないことだ。

「さっきの、作られた薔薇の話だけど」

虫に喰われたり朽ちたりしたら、また無記名の物質として自然へ戻れるだろう、とヒデは言った。

「別に真紀が気に病むことはない」

「そうね、還っていける」

ああ、とヒデは頷き、

「死んだらな」

忘れるんじゃねえよとでもいうように、ぶっきらぼうに言い足した。

死ねば、人の気に入るように遺伝を操作された名高いイングリッシュローズであったり、ひとりのつまらない人間であったりする記名性をチャラにできる、そう言いたいのね？

散り散りに消え、ことごとく失われ、かつてあった形の、残滓すら残さないと。一握の灰、ひと粒の砂、誰かの中に記憶すらも。ねえヒデ、そういうこと？

彼の真意とは異なる問いかけを、それと気づきながら畳みかける私に、ベッドの上のヒデは毅然とした眼差しを向けていた。

死んでしまえば、私の存在の署名を消せる？　私の脳の見ている世界が消えるだけではなくて。

わかってるんだろ、とヒデは言った。たとえ死んでも、自分の存在をすっかり消し去ることまではできないって。

なにかが、まだ沈んでいる筈だ。緑がかった泥の厚く堆積《たいせき》した湖底に、わずかな記憶すらくれなかった母の、確かに存在していた痕跡がうずもれている。その細長く広い湖は、彼女が生まれた北国の、冬には四メートルも雪が降り積む山あいにある。

水の中の落とし物は、私の心に重みを伝えてくる。

姿かたちはわからないのに、ずしりと重い。枷《かせ》のように、絡みつくロープのように、私の足首を引く。やがて母の肉体は浮かび上がっても、水が奪い取ったなにかは、底へ底へと深く沈んでいった。

消したかったのよ。

私は、余命数十日の男の床へ、正直に答えを放った。

でも、すっかり消えるなんて無理だと知ってるから、精いっぱい他人の世話をして、誰にも迷惑をかけず、なるべく目立たないように息をしてる。

そして、思い違いでなければ、ほとんど泣きそうに「まだ、死にたがってるのか？」と、喉から搾《しぼ》り出すように問いかけたヒデを置き逃げ去ったのだ。

「大丈夫か？」

訊くのは長瀬だ。

「どうして？」

「疲れがたまってるのか？」

私の体調を気づかう長瀬の質問は、気分のわるさ、ストレス、睡眠不足に続いて、四つ目のバリエーションを数える。

「疲れは、いつものことだから」

的確かどうかはともかく、なにかを訊かずにはいられないのだろう。クリニックの車の運転席から、ちらちらと、盗み見るように助手席の私へ顔を向ける。

「職業病、疲れなんて」

「まあ、そうだ」

養父の遺影に捧げるための花束から、濃密な香りが届く。

後部座席に置かれた白い薔薇は、実に二〇本ある。それらを包むごく薄い緑の、光を透かす不織布は、マンホールの蓋や些細な段差でほんのわずか車が跳ねるたび、さわさわと私を呼びまでする。

後悔していた。だが花屋の店先で、私の指は知らず、薔薇を指していた。

「なにか言ったか？」

「いいえ」

私達は、藤原の家へ婚約の報告に赴《おもむ》く途上だった。

父はすでにない。七〇になる母はひとり暮らしで、現役の小児科医として忙しく働いている。公私にわたり多忙な彼女に、結婚の約束からふた月以上も経ってようやく、長瀬を紹介できる。

結納《ゆいのう》はしない。結婚式もなし。普段からつき合いのある人々を会費制で招き、レストランで食事会だけ持つつもりだが、それがいつになるのかまでは決めていない。とりあえずは入籍も考えていない。私はこの姓が好きだ。変えたくない。

母に言っておくべきことを頭で整理し、指折り数える。

ほかにはなにが？　仕事を続ける、というのは母にとっても当たり前のことだから、わざわざ口にするまでもない。

「なにを数えてるんだ」

私の婚約者は、留守の間の出来事を知らない。

「あなたの引越しまで三ヶ月しかない。ところで、引越し業者ってお盆休みにも営業してるものなの？」

「サービス業だから、休まないだろう」

「あなたもね」

「そろそろ頼んでおくか。手薄にはなるかもしれないから」

新居を手配するだけの資金が、彼にはない。

雇用されている身の私の方が、むしろ安定した月収を得ているだけましだ。スタッフに給与を配ってしまうと、設備投資で作った借金を返済するだけで、ひと月の収益が底をつく。

クリニックの敷地は借地で、建物や医療機器のローンもある。その上、学会やセミナー、研修会には積極的にスタッフを参加させ、派遣費用も馬鹿にならない。

長瀬の両親はともに他界しているが、ひとりっ子の彼に遺《のこ》したものといえば、使い古しの家財道具のみだった。彼は、生まれてこのかた一度として持ち家に住んだ経験がない。

国立大学の医学部に現役合格を果たしたというのに、生活費稼ぎのアルバイトに追われ、卒業は七年後だった。見かねた教官が、個人的な資金援助を申し出たこともあったと聞いた。

無駄な検査や、治療や、投薬を、一切施さない方針は、面白いほど利潤を生まない。一般に考えられている医師の生活水準に、長瀬のそれは遠い。

クリニック院長でありながら、彼は、築三〇年になる二間の借家に住まい、建て替えを決断した大家からの立ち退き要請を機に、私のアパートから二軒先の、やはり古アパートの一室へ越す。

彼の蔵書の量が災いしたのだと、周囲には、言いわけしてある。

あの膨大な本の築山《つきやま》を私の部屋に押し込もうものなら、身体を横にする隙すらなくなるだろうし、だからといって、ふたり暮らしが可能な広いマンションを借りる余裕はない。銀行からの融資は限界だ。彼をよく知る者なら即座に納得し笑ってくれる、完璧な理由だった。

しかし坂本だけは、別居で未入籍の結婚ですか、と私に言ったものだった。まあうちの院長は人様の問題で手一杯ですから、同居も別居も変わりなさそうですけどねえ。

私は、当たってるだけに酷な評ね、と応えた。鋭い観察眼を持つ坂本は、世間とのしがらみが増えるのはいいことです、とほがらかに続けた。

どういう意味？

もしや気をわるくしましたか？

まさか。

では教えてください。なぜ、飛び下りたんです？

「次の交差点を右折、だな？」

真紀さんには、命綱になる関係が必要かもしれません。

「左折……じゃないよな、真紀」

「うん。右」

僕には、真紀さんが、すでに断崖から身を投げてしまっていて、その捨てた身体が地面にたどり着く日を、淡々と、惜しむ様子もなく、待ち続けているように思える時があります。

あなたが薬品の管理に熱心なのは私のせい？　なかなか地面に激突できずにいる中途半端な死人が、いよいよ嫌気がさせば、細工をして急ぐのではと疑ってる。

「ここで曲がり、幼稚園の手前だな？」

疑ってるのじゃなく、案じてるんです。

「ロケットみたいなジャングルジムが、目印だったよな」

周囲に迷惑をかけてわかりやすく絶望を表現するのは、自分には価値があると言い聞かせられ育った、飛び下りていない人です。でも真紀さんのような人は、誰にも助けを求めないし、誰に対しても最善な奉仕をして、それは実は、大人に守られている筈の幼い頃に、自分を見捨ててしまったからなんです。他人のためにしか生きられない、って。

「なぜそうだとわかるの？」

いや、僕の思い違いかもしれません。

「なぜって、真紀がさっき説明してくれたじゃないか」

方向指示器の無機的な音に気づく。

長瀬の声だけを、意識が、雑多な音の中から漉《こ》し拾っていたようだ。車はいつの間にか交差点で信号待ちをしている。一分もしないうちに、藤原の家に着く。

「真紀の家はでかいのか？」

「小児科なんて、夜中でも叩き起こされる割には儲からない、って知ってるでしょ。父は病理医だから月給制だったし。その上、亡くなるまで競馬が唯一の趣味だったのよ。母はいまだにだけど。それでなかなか会えないのよ」

「箱と設備があって、借金がないなら、ギャンブル狂でも僕よりましだな」

「わからないわよ。母はあたらしがりだから、とんでもない最新検査機器とか導入しかねない」

小児科にか？　翳《かげ》りのない私の婚約者は、アクセルを踏み込みながら声を上げ笑った。

日曜の幼稚園は、ここへ引き取られた当初から大嫌いだった。

病院正面の駐車場で、車から花束を引きずり出す長瀬も、屈んだ不自然な姿勢のまま、かなり不気味だなと辟易《へきえき》したように言う。

「子供がみんなさらわれる、ハーメルンの笛吹き、とかいう話がなかったか」

「脚の不自由な子が集団から遅れて、たったひとり助かったのよ、みんなじゃない。

でも私もやっぱり、誰もいなくなっちゃった、って感じがして嫌だったけど……」

「けど、なんだ？」

「ううん、なんでもない」

人影のない庭を、並んで眺める。門には錠が下りている。私は、そこに、姉の姿を捜してしまう。昔、幼稚園児だった私を迎えに来てくれたのは、ほかの子のように母親や父親ではなく、赤いランドセルの早紀ちゃんだった。だが長瀬には、早紀ちゃんの身に起きたことを話していない。

「遅かったわね」

現役ドクターの母は、どうしてまたふたり揃って幼稚園なんか覗き込んでるかねえ、とあきれた様子を隠さず続けた。腰に両手を当てている。

「ようやく車の音がしたと思って、コーヒーをいれ始めたのにさ。いつまで経ってもチャイムは鳴らないし、ちょいと窓から見てみれば、悪目立ちする不審者が、雁首《がんくび》ふたつも並べて柵から乗り出してるじゃないか。警察に通報されたら、えらく面倒なことになるよ」

「いくらなんでも、誰も通報まではしないでしょ、お母さん」

「先週、空き巣が入ったから」

「うちに？」

「幼稚園にだよ。うちに入ってどうするのよ真紀。体温計でも盗むかい？　耳でピッて測る、いかしたやつをいくつか新調したばかりだからさ」

その場合は、犯人は貧乏な同業者だわね。そう言って、母が長瀬に右手を差し出す。腿《もも》に掌をこすってから、彼がその手を握った。

「ようやくお目にかかれて、光栄です」

「私も、物好きのお顔を拝見するの、楽しみにしてましたよ」

「いや、実は、体温計をかっぱらってきたいくらい貧乏なので、追い返されたらどうしようかと心配でした。よかった」

「オンボロ病院を見て安心したでしょ？」

「いい勝負ですかね？」

「さあどうかねえ」

母は長瀬を気に入ったらしい。病院の裏にある、古い木造の家へ案内しながら、あなたそんなに素寒貧《すかんぴん》なの、と遠慮もなく訊ねた。

「贅沢を知らないもので、貧乏の自覚症状がはっきりしません」

「では、真紀があなたをなじるの？　馬車馬か農耕馬のように働けと」

いつの間に購入したのか、見慣れぬブロンズの馬の置物がある玄関へ招き入れつつ、母は、そんな子に育てたつもりはないけれどまさか、と私の顔を見る。彼女の本気と悪ふざけは、昔から見分けがつきにくい。

「僕の悪口を言うのは、患者さん達とスタッフです。仕事中毒とか、貧乏病院とか、健康だけしか取り得がないとか」

「身体が大きいわねえ。スポーツは？」

「以前はなんでもやりましたが、今は暇がありません」

「私は、スポーツが欠かせないわねえ」

スポーツ紙と競馬新聞を脇へ除け、テーブルにコーヒーを並べてしまうと、母は、さっそくひいきの馬の解説をやりだした。

捕まってしまった長瀬は、しばらく解放されないだろう。あきあきしている私は耳を貸さないので、彼女は、てぐすね引いて、免疫のない彼を待ち受けていたに違いない。

お馬様の話となれば、娘の私にさえ、いつ果てるものか予想もつかない。聞き上手の長瀬は、母のいいカモになるだろう。私は遺影の前に花を生けると、ふたりを置いて黙って茶の間を出た。

六月が始まったばかりの晴天で、懐かしい廊下を渡る風は、あっさりと乾いている。冷たくも温かくもなく、さしたる手応えもないまま傍らを過ぎ越していく。

風上を目指すように階段を上り、開け放たれたドアの向こうへ行く。一八まで暮らした部屋の、幼稚園を見下ろす窓から、風は吹き込んでいる。あの母のすることらしく、脇にきちんと束ねないカーテンが、風の力にあおられ両側から閉まりかけている。

部屋には、昔を想わせる品は残っていない。

現実主義で過去にこだわらない性質の母は、私が大学の近くにアパートを借りここを出る際、残したいものとそうでないものとに持ち物を分けるよう言い、不用な方の品々から、学習机やベッドなどまだ使えそうなものを選び、それらをリサイクル・ショップに売った。そしてその収益を、私の名前でユニセフに寄付した。

本や人形など捨てられないものは、父の母親の持ち物だった大きな漆塗りの長持に詰め込まれ、部屋の隅にある。そういえば、あの時以来、この重い木の蓋を開けていない。

部屋は使われていないらしく、あるのはカーテンと、裸電球と、長持だけだ。その大時代的な輿入れの道具に腰かけ、日に焼け古びた塗り壁を眺める。学童用学習机の形そのままに、陰が残っている。受験勉強の背中で聞いた、無理しなさんな、という母の声がよみがえる。

母に、たった一度だけ、そうまでして医師を目指すのはなぜかと訊ねられた。娘の、能力を超える目標設定と猛勉強はもしや自分達のせいではと、両親は疑っていた。言われてみれば、確かに、開業医の子供は病院を継《つ》ぐことが多いのかもしれない。

当時の私は、喜んでその誤解を利用させてもらった。大好きな母に、余計な心労を与えたくなかった。それに周囲の誰ひとりとして、私の真意になど気づきはしなかった。ヒデだけが、嘘を見破った。

欲しかったのは、保険だった。脱出法、非常口、高飛びルート、最終手段、呼び方はどれでもいい。

この手に、自分を終わらせる自由を得たかった。好きな時に死ねるなら、なにも恐れることはない。悲しみが私の息の根を止めることはない。その前に、逃走する。しかし、私を育ててくれた養父母の、落胆する顔を想像すればつらかった。だから、彼らが生きてあるうちは私も生き続けようと、この家を出る日、心に決めた。

階下で物音がした。

建つけのわるくなった階段の軋《きし》む音が、徐々に近づいてくる。ゆっくり、軽い足音は、長瀬でなく母だろう。

「お饅頭食べない？」

「お饅頭？」

彼女が死んだらどうしようかと、一瞬だけ考えた。

「発見したのよ。三盆糖を使ったこしあんの饅頭とコーヒーはよく合う。砂糖とミルクは、入れずに飲む場合に限るけどね」

下りてきて、一緒にどう？　この母が、そんなことを勧めたいがために客を放って来るだろうか。私は、前置きはいいから用件をどうぞ、と促した。

「ヒロ君は知ってるの？」

「あだ名つけちゃった？　まだ三〇分かそこらでしょう。婿入りさせたい？」

「入籍しないことは、もう聞きましたよ」

「そんな話題が出てるんだ……。お馬さん談義をしてるとばかり思ってた」

「彼は知らないのね？」

「養女だとは、話した」

「ほかは？」

「……探ってどうするの」

「口裏を合わせたいからに決まってるじゃないの」

母はいつになく真剣だった。

「母親である私には、娘と共謀する権利がある」

そんな権利が、どこで保障されているというのだろう。

「お母さん、心配なのはわかるけど、大丈夫だから」

「加勢したいんだけどねえ」

「ケンカじゃないのよ。でも、必要になったら、誰を差し置いてもお願いするから」

それじゃ、変に思われないうちに下りて来なよ、ね。目に見えて肩を落とし言い残す薄い背中に、私は、だってほかはなにひとつ打ち明けてないんだもの、と可能な限りの誠実さを込め言いわけした。

すべて話したのは、ヒデだけだ。

聞かされる俺の迷惑を考えてるか、と彼はしばしばぼやいた。私は頓着しなかった。誰に話すべきか、ではなく、誰にも話しようがないと決めつけてそれまできたのに、ヒデに対してだけ、つい口が滑った。

ほかに聞いてくれる人もないから。私がそう正直に謝ると、ヒデは「ますますやりきれない」としかめ面《つら》をしたまま、でも逃げずにいた。そして、過去の断片、あるいは何度目かの似たような繰言《くりごと》を辛抱強く聞き終えてから、「で？　それがこれからどうかなるのか？」と平然と、食事や夜遊びの提案に移るのだった。

板の中央、人の踏む場所だけが磨かれて光る、木目の波状に浮き出た階段を、風に追われるようにして下りる。

風向きに逆らい、ふたり分の笑い声が居間から届く。母が頑健な生き物であることに、私は救われている。この上彼女まで伏したら、私は現実を持てあまし処理しきれなくなる。

過去を共有する人間は、この家で独居する母と、先日から起き上がれなくなった小久保、そしてヒデの、三人きりだ。姉を殺《あや》めた男は、数に入れない。けれどもその、母が言うところの「共謀」者三人から、近く、後者ふたりが欠ける。

声が聞こえる。

死者のではない。中山《なかやま》競馬場がとびっきりなのよ、とは死者は主張しない。生きて動き、語りかけ、働きかけてくれる存在、あの母を悲しませないよう、この平凡な日常を続けたい。変化は欲しくない。

私を変えられる者がいるとすれば、それは、ヒデしかないだろう。

「あら真紀。やっと戻って来た」

ヒロ君は賛成してくれてるけどさ、と母が顎《あご》を上げて言う。まあまずは座りな。ソファの座面を叩く。

「あなた行動するより考え込むタイプだから、どう思うかねえ」

「……馬?」

私が反対するであろうと睨むからには、馬がらみか、病院改築しか考えられない。

半年前に訪れた時は、銀行から巨額融資を受け「小児科と内科の病院兼老人ホーム」

を作る、という壮大な事業計画を語り、私を悩ませた。

「それだけと思ったら大間違い」

「それだけ、の内容からしてまだ説明されてません」

頭の硬い子だね。母は、大袈裟に驚いた表情を見せたかと思うと、長瀬と顔を見合わせた。悪巧みでもしているように、楽しげだ。

「すてきな計画なんだぞ」

長瀬が言った。母を真似たつもりか、ふざけた言葉を使う。

「あのね、私がこの前に聞かされた〈すてきな計画〉は、落ちぶれた大銀行から病院と土地をそっくり騙し取られる、とにかくお間抜けな思いつきでした。あなた母をまだよく知らないでしょうけど、本性はね、宗教家が一番向いてる職業じゃないかっていうぐらい、ペテン師人格なのよ。人にまやかしを語るうちに、当の自分までも陶酔しちゃう正統派」

私が勢い任せにまくしたてると、母が、更なる〈すてきな計画〉を思いついたように目を光らせた。

「賞金が入ったら、またそっちも視野に入れられるねえ」

「お母さん、貯金はたいてお馬さん買うつもり?」

「甘いね」

母はまた長瀬に同意を求めた。先ほどとまったく同じ間合いで、顔を見合わせほほ笑む。呼吸がぴったりだ。

「やり残しがあっては、と考えてさ」

左右に身体を振り、歌うように母は言う。

「引退して、ボロ病院と、傾いたこの家を処分して、そうやって作った資金で憧れの馬主になる。馬が勝つ。元が取れる。儲けが出る。老後の資金が調達できる。これが私の野望。どう? 北海道に移住してもいいかと思ってね」

「獣医師の勉強がしたいそうだ」

長瀬までが片棒を担ぐ。冗談ではない。

「まさかあなたまで」

「なんで僕が馬主なんだ」

「だって、突拍子もないことを始めそうな感じがするから」

いいえ実際に今もやってるけど。私は訂正し、母に向き直った。

「北海道で馬、長野でペンション、沖縄でダイビングショップ、脱サラのラーメン屋、いずれにしても他人を儲けさすだけだから、お母さん、お願い、野望は語るだけにして」

短い帰省で悟ったのは、私が長瀬の求めについ応じてしまったのには明快な根拠がある、ということだった。

ハンドルが重心を決めてくれないため、どうにも居心地のよくない助手席から、私は、鼻歌交じりで車を操る婚約者の横顔を見る。藤原の養父母と、彼とは、同じ側の住人だ。

ひなたで光を浴びることに躊躇のない者と、明るい光を避ける者とがいる。長瀬と藤原の母は前者だ。だが私は、光によって隅々まで暴かれることを恐れる。

日陰に棲まう私は、目を細め、疑いもなく光源を仰ぐ者らを、遠巻きに眺める。憧れ、羨み、でも自分がそちらへ移るには、さすがにしっくりこないだろうとわかっている。

ヒデはこちら側にいる。

長瀬やあの母は、私の背中を押してくれるけれど、ヒデは、少しも働きかけてくれない。黙ったまま、私から歩み寄るのを見ている。そして抱き締めたなら、ようやく応えてくれる。

馴染む。でもやりきれない。親しい。だが私は引き摺られる。暗い方へ、水辺の湿地へ、太陽が、雲を透かした黄色いぼやけた灯りでしかない場所に、深く杭を打ち私をつなごうとする。

母をのみ込んだ水が、ひとしずく、この肌に浸透する。大気中に飽和しそうな水分と、充分でない日差しと温度と、青いまま倒れた細い草葉とその白いやせた根に抱かれ、やがて、濃い緑の苔に厚く覆われた下の、漆黒の泥炭に姿を変えるのもいい。

ヒデは私を肯定する。過去まで肯定する。私が語る憂鬱な記憶を、迷惑そうにしながらやはり肯定する。

クソみたいな思い出が哀しいなら泣けよ、悔しければ腹を立てろ、暗がりで育った自分を認めてしまえ。

「夢のある人だ」

カーラジオに合わせ、頭や肩でリズムを取っていた長瀬が、ハンドルを握り前方を見つめたまま唐突に言う。教師か役人でなければ使わないような恥ずかしい常套句を、彼は頓着せず口にする。

「夢……って、馬で一発当てることが？」

「前向きだってこと」

私に移住計画を非難された藤原の母は、形あるものが変わらずにすむわけないんだよ、と途端に親らしい落ち着いた口調になり言った。居ずまいを正し背筋を伸ばすと、逆に、その小ささが際立つ。真紀、身体にがたが来たよ、もう。

心持ちは、不思議なぐらい若い頃と変わらないがねえ。母は、考えながら言葉を継いでいた。でもねえ、朝から夕方遅くまで、ひとりで患者さんを診るのはさすがにこたえる。

夜中に急患で起こされると、そりゃ頼りにしてくれてるのは嬉しいけど、そのまま寝つけないよ。歳だからさ。薬の処方を出すにも、うっかりがないよう何度もよく確かめて、看護師にチェックを頼んで、まるで駆け出しの見習いドクターみたいに手間がかかる。

「私、母に、病院を手伝ってもいいと言ってみればよかったのかな」

「彼女、望んでないだろ、最初から」

「それはそうだけど、娘の気づかいとして」

「形式的な気づかいなんぞお断り、という人じゃないのか」

「でも、年とともに変化するのは肉体だけ？　心だって弱くなるでしょう」

「心配なら、変な我慢はしないで、もっと頻繁に顔を出せばいいだけだよ」

「そんなことをあなたに言ったの？　私に訪ねて来て欲しいって」

「いや。……むしろ逆じゃないかな。真紀はできるだけ忙しくさせておくのがいい、とアドバイスされた。考える暇を与えてはいけないそうだよ」

それに移住の青写真はできあがってるみたいだぞ、と長瀬は思い出すような口ぶりで続ける。資料を集めたり、実際に候補地を旅してリサーチまでしているそうだよ。自治体の財政状況とか、福祉サービスとかね。

「昔から、お気楽なのか、しっかり者か、よくわからない人なのよね」

「どっちも当たりだ。だから大丈夫」

車は、補助輪つきの自転車や三輪車に塞がれた、二階建アパートの狭い階段前で停まった。

「着いたよ」

長瀬を部屋へ誘うべきだろうか。それとも「また明日」とだけ言って、ドアを開け車を降りていいのか。つまらない逡巡に、私は顔を伏せる。

「どうした？」

強い腕が、私の肩へかかり身体ごと巻き込もうとする。ゆっくりと迫る大きくあたたかな影を、私は両手で押しやっていた。

違う、と身体が動いた。そのやり方は違う。

長瀬は、ごめん、と慌てたように身を引き苦笑して見せた。驚かせてごめん。元気がないから、熱でもあるのかと思ったんだ。

照れたように苦笑する長瀬を茫然と見返しつつ、はっきりと思い当たった。そのやり方は、ヒデと違う。

ヒデなら、やや引き気味の眼差しで待つ。こらえきれず、そのやせ我慢の男を抱き寄せるのは、私の腕だ。抱いて欲しいなら正直に言えばいいのに、ときつく抱き締めるのはこちらの役目だ。

長瀬は傷ついた様子など微塵《みじん》も見せず、看取りを待つ段階に入っている患者の家族のために、往診へ出かけていった。

打つ手はなくとも、家族が願うならば訪れ、彼らの見守る中で患者の脈を取り、不安な訴えに耳を傾け、安心させる。長瀬はそういう人間だ。

長瀬に、家庭を第一に考えることや、よき父であることは望めないだろう。だが、同業者として尊敬できる医師ではある。その志が私は好きだ。

彼は夫に向かず、私は妻に向かない。今のままの日常を続けるのにこれより最適な組み合わせはない。

長瀬の乗る車が三つ先の交差点を曲がるまで見送り、部屋へ戻ると、電話機の赤いランプが点滅していた。

同僚や、患者からではないだろう。彼らはまず携帯電話を鳴らす。母は携帯を嫌っていて部屋にかけてくるが、滅多にないことだし、なにより今しがた別れたばかりだ。

まさかと思った。

日曜の午後、ホスピスには入所者の家族や恋人や友人が訪れ、日頃の落ち着いた雰囲気とは打って変わって、晴れやかなさんざめきに満ち活気づく。

　廊下を走る幼い子供の姿、一斉に上がる笑い声、キッチンでの料理、庭やテラスで寄り添い語り合う睦まじいカップルの影、だが中には、面会人の訪れない入所者もいる。

　彼らは、暇になる調理場でスタッフと話し込んだり、すいている大浴場でゆっくり昼風呂に浸かったり、来所者が同伴してきた犬を遊ばせたりと、それぞれに様々な過ごし方をする。そして稀に、ナースコールを一〇分おきに鳴らしたり、手当たり次第に電話をかける姿を見ることもある。

　もしこれが、ヒデからの着信ならどうすればいい？　傾きかけた陽の入る部屋で、私は、警告のように光る赤いボタンを前に迷っていた。

　もしヒデが呼ぶのであれば、きっと、無視することはできない。先日喧嘩別れのように彼の部屋を走り出て、それきりだ。医者のすることではないし、友人の振る舞いとも言えない。

　ほんのり熱を持つ、楕円形の隆起に指の腹を置き、目を瞑る。息を止め、少しだけ力を加えてみる。カタンと落ち込む感覚に慌てて手を離すと、それは、予期していたものとは違う声を再生し始めた。

メッセージは、小久保の妻からだった。

緊急じゃないのでこちらにかけました、と澱みなく言う。

真紀ちゃん、次の往診、ちょっとだけ早めることできる? 容体は変わりないけど、眠ってばかりだとなんだか心配で。お願い。

小久保は食事がとれなくなっていたが、彼自身が希望していたとおり、栄養を摂取させる目的の点滴は行っていない。だが意識がはっきりしている時は全身のだるさを訴えるので、症状を緩和するための座薬を使っている。この薬の作用で眠っていることが多くなり、何度も説明し理解してもらった筈でも、見守る者は、いよいよ近くなった別れへの不安を募らせる。

私は即座に受話器を取り、短縮ダイヤルを押した。急いで電話口へ駆けつけたのか、息を弾ませている小久保の妻に、これからすぐに向かうと告げる。

しかし彼女は、特に変化もないので必要ない、と断固として拒んだ。そして、明朝の訪問をようやく承諾してくれた。彼女の、これから出かけるなら婚約者のところにしなさい、という諭すような声に、華やいだ雰囲気が混じっている。小久保の容体は、嘘ではなく安定しているらしい。

気になることがあれば深夜でも躊躇せず知らせるよう念を押し、通話を切った。ほかに着信はない。ヒデは、枕元の電話機に目をやってみるぐらいのことはしただろうか。親族にも知人にも知らせず入所し、死後の手配まで一切を弁護士に任せたらしいと、佐竹が教えてくれた。

面会者はないだろう。

敷地のはしからはしまで搔き回されたように賑やかになるホスピスの休日を、ヒデは、どのようにやり過ごすのだろう。ベッドで、それともあの苺の色の安楽椅子で、退屈そうに本でも読んでいるだろうか。

サンルームにあるピアノを、しばしば面会に来た子供が弾く。稽古中のソナチネや、とびきり不運なら「猫踏んじゃった」が、楽曲の体裁すら成さずにしつこく繰り返され、ある人はそれをほほ笑ましいと歓迎し、ある人はやかましい騒音だと嫌う。ヒデには災難だろう。きっと表情も変えず、ひとり静かに腹を立てる。

いつか小久保が言った。

真紀ちゃんはどんなことでも、なにがなんでもコントロールしようとするけどなあ。だが物事ってもんは、たいてい思うようにならねえもんだ。初めっからこうと決められることなんかないんだよ。

予期せぬ事態は嫌いだ。特に、人に振り回されるのは。

患者宅へ向かう途上だろう長瀬の、鼻歌を歌いながらハンドルを操る横顔と、不機嫌にヘッドホンで耳を塞ぎ、素晴らしい装丁の分厚い本を膝へ載せページを繰る、ヒデの伏せた顔と額に落ちる黒い前髪を、ふたつながら思い浮かべていた。

長瀬は、少なからず事情を察しているだろう。

充分に効果の期待できる治療方法が残されていると、再会の日、熱心に私に説きはしたものの、それ以降は避けるかのように、面会に行ったかとも訊かない。

しかし、私とヒデにどんな共通の思い出があるにしても、恐《おそ》れるに足らない。残された日々は限られ、増え続ける腫瘍が、そして身体機能の衰弱が、激しくなる頭痛が、麻痺が、意識の混濁が、彼を否応なく私から遠ざけていき、やがては奪い去る。誰にも結果は変えられない。

行く末は、目視できる距離にある。彼との間に、なにごとも起きはしない。コントロールは可能だ。

私は、ヒデとともに過ごした記憶に占拠されつつある意識へ、今だけ、とそっと言い聞かせ勝手を許した。

Ⅳ

小久保が逝くのは、時間の問題になっていた。

来週であっても不思議はない。月曜の朝早い訪問で、そう彼の妻へ告げた。彼女は、約束のとおりに最期の確認だけをお願いね、と目を細め笑った。

夫は病気を受け入れ、痛みは薬で取り除かれており、望むことといえばこれ以上ただのひとつも、あらたな苦痛を彼に与えないことだけだ。毅然として言う彼女に私は、あなたならできますと答えた。

電話は、気にかける余裕のある間は鳴らず、ほかのものに煩わされ手を離せぬようになって、思いがけず呼ぶ。小久保の急変の知らせを受け取ったのは三日後のことだった。

「発熱があった、という連絡ですが」

坂本が、受話器の向こうから緊張した声で言う。

「何度?」

「三八度七分。午前八時計測だそうです」

「四時間も前ってどういうこと?　もう正午よ」

「僕に怒鳴らないでください。先方と話し終えてから一分と経ってませんよ」

私は研修で、小久保の住む公団住宅からは車で二時間ほども離れた、大きな総合病院を訪れていた。小会議室でのセミナーの最中に、緊急連絡です、と医局の人間が駆け込んできた。参加者はひとり残らず椅子から腰を浮かせたが、呼ばれたのは私の名前だった。

「すぐに山崎《やまざき》君を向かわせて」

「彼は今日は遠隔地をまわってます。ロスが大きいですね」

「じゃあ急行できる人を手配して」

「小久保さんに指示があれば、僕からすぐ電話しますが」

「そうね、どこかから貰ったボルタレンの座剤が冷蔵庫にあるかもしれないから、解熱剤は一切使ってはいけないと伝えて。冷蔵庫の座薬は絶対に駄目としっかり強調してね」

発熱や痛みに処方される解熱鎮痛用の薬が、衰弱した末期癌患者の血圧を下げてしまう。

「ほかには」

「氷枕や保冷剤を使うのはかまわないと言って。タオルで包むように、ともね。ええと、頭部と腋窩《えきか》と鼠径部《そけいぶ》」

「頭と、腋《わき》の下と、脚の付け根を冷やしてあげてください、と言えばいいですか？」

「そう。その方がいい」

私もすぐに行きます。受話器を戻すと同時に医局を飛び出し、関係者への事情説明ももどかしく、挨拶すらそこそこに廊下を駆ける。病院の玄関が見えたところで、すでに私はバッグから携帯を取り出し電源を入れていた。

電話に出た小久保の妻は、慌てた様子もなく、クリニックの人から丁寧な指示を受けたので大丈夫、と言った。

「だから、変に急いで、真紀ちゃんが事故に遭うなんてことのないようにね。熱が出たというだけだから」

「その後、変化はない？　苦しそうだとか。どんな様子？」

「眠ってる。ごめんなさい真紀ちゃん、私、そばについていてあげたいから」

もういいかしら？　穏やかだが毅然とした口調で、彼女は私を遮った。落ち着き払っているのは、呼吸や脈に目立った異常が見られないためだろうか。携帯を畳む間も惜しんで、病院の駐車場へ急いだ。クリニックの車からドクターバッグを取り出し、守衛に断りを入れてからタクシー乗り場へ走る。快速の停まる駅までは車が早いし、その駅からは電車がいい。車をここへ置き去りにしてしまうが、かなりの時間短縮になるだろう。

発熱は、いよいよその時が迫ったという前触れだった。

初めて家の中で人を看取る現代の家族は、人間がどのような経過をたどり死を迎えるのかを知らない。だから、経済事情や受け入れ態勢など条件に恵まれている家庭でも、なお、自分達だけでは対処しきれない恐ろしいことがもし起きては、と懸念《けねん》する。

病人の介護に慣れている、という人は多くはないだろう。医者が詳しく病状を説明してくれても、耳慣れぬ難解な言葉に戸惑い、一時も早く治療方法を決めろと言われれば、責任の重さから即座に決断することなどできない。先が見えず、泣き出したい気分になる。でも家族には最高の医療を受けさせたいし、最善のことをしてあげたい。

しかしなにが最善かは、誰も教えてくれない。せめて、大切な人が苦しまずに済みますように。祈っても、事態はこの手にあまる。

小久保の妻は「延命治療をやめたら苦しまずに死ねるの？」と訊ねたものだった。あれは、在宅介護を選ぶべきか、彼らがまだ迷っていた頃だ。

私は、病気の性質によって違ってくるし、個人差もあるので断言できない、と正直に答えた。

食事がとれるうちに、あっさりと苦しまず死を迎える人がいる。かと思えば、水しか飲めなくなってからもほとんど眠り続けて永らえ、そのまま静かに消えるように亡くなっていった、という人もある。ただし、痛みやだるさなどの症状がある場合でも、ステロイドやモルヒネを適切に用い、取り除けばいい。延命治療をやめるからといって、医師は、なにもしないわけではない。

じゃあ真紀ちゃん、痛む人なら同じように痛いのね？　病院のベッドで管につながれていても、家で好きに暮らしていても。

救いを求めるように返事を待つ彼女へ、痛みのコントロールは可能です、と私は答えた。だからね、おじさんとおばさんの望むようにしてください。

病気は治せなくても、死を防げなくても、肉体の痛みは、かなりの程度まで人の手でコントロールできる。

ただし確実に痛みを取り去ろうと思えば、細かな経過観察と意思の疎通が必要になる。病院か、家か、の違いではない。患者との対話が成り立つ環境であればいい。

家で介護するのが必ずしも最善とは言えない。もし、生活の一部に患者を組み込めるだけの経済力と人手と時間の余裕があるなら、そして患者と家族双方に心理的な負担がないなら、検討してみればいい。

しかし、事情はそれぞれに異なる。家に戻りたくない、戻れない、という患者もいる。家族の側にも生活がある。長期療養のための医療施設は足りない。家族というより社会が、彼らを受け入れるべきだ。

呼び鈴は、一度だけ鳴らした。

遠慮なくノブに手をかけるとドアが動いた。鍵は、私のためにかけずにおいたのだろう。錆びた蝶番《ちょうつがい》が擦れる不快な音に重なるようにして、真紀先輩、と呼ぶ声がした。

見慣れた、六畳間を占拠する介護用ベッドの前へ立ちはだかるようにして、担当看護師の山崎がいる。部屋には物音がない。耳が詰まったように感じる。

「診察、お願いします」

息はないと、一目でわかった。一八〇センチの背丈がある山崎の背後に、顎先が垂れるようにゆるんだ仰向けの顔が覗いている。私は、消毒用の紙タオルで手を拭く。

「着いたのはいつ？」

「連絡を受けて、三〇分後です。飛んで来ました」

免停確実な交通違反の結果だろう。

「その時は、もうこの状態だったのね」

「はい」

彼には手出しできない状況、その中でじっと私を待つしかなかった。山崎は、眠ってるみたいで、とうなだれて呟き、大きな身体を横へ除けた。

ベッドの向こう側、枕元へ寄せた椅子に、小久保の妻が凜々《りり》しく静かに座している。

スカートから覗く両膝をきちんと揃え、裸足で、両手は膝の上へゆるく重ね置かれている。背筋は真っすぐに伸ばされ、肩の力を抜きながら胸を張り、顎を引き、首は、ほんのわずか翳りを差す優雅な形に屈せられており、そのせいで、重心が心持ち前へ傾いでいるように見える。視線の先には、夫がいる。

「脈を、取らせてください」

クリーム色のカバーをかけた毛布の襟元に、普段なら清潔なバスタオルが当ててあり、同じ色をしたシーツの中央にも、やはり汚れ避《よ》けのそれが敷かれてあったのに、今日はすべて取り去られ、前開きのパジャマを愛用していたものがお気に入りの浴衣でいる。糊がきいた地に、皺や、着崩れはない。

ずい分前に失われただろう脈を探り、検《あらた》め、菊五郎格子の浴衣の袖を丁寧に下げると、硬直は始まっていない腕をそっと寝具の中へ戻した。

これから私が口にできることは、ふたつある。ひとつ目は、現在の時刻を確認し、臨終を告げること。もうひとつは、

「亡くなられた時刻は、わかりますか?」

即座に差し出される彼女の掌の、汗で滲んだインクの数字を読むことだった。

話を聞く間に、三度、上着の内ポケットで電話機が震えた。

心配した長瀬か、坂本と思い、そのたびに液晶画面の表示を確認した。発信元は三件ともヒデであり、いずれも伝言は残さず切れた。

小久保の妻は、私の動きにはかまわず、正座した山崎の赤い目元と、メモをとる私の手元とを交互に見つめつつ、夫のたどった経過を落ち着いて説明した。正確さが自分の義務であるとでもいうように、時には私達を待たせてまで、じっくりと言葉を選んだ。

実際に熱が出たのは昨晩からのことだったと、彼女は打ち明けた。

山崎から事前に教えられていた、緊急時の対処方法を思い出し、腋の下や、脚の付け根へ保冷剤を当て、夫の手を握る。真紀ちゃんを呼ぼうかと訊けば、朦朧とした彼の指には強い力が込められ、なにもしないで欲しいのね、と確認すると、紛れもない笑顔が返った。このまま、死なせてあげたいと願った。

真紀ちゃん、ごめんね。山崎君も、ごめんなさい。私は、誰にも邪魔されたくないと思ってしまった。

あなた方を信用していなかったわけじゃない。頼りにしていて、それに、いよいよという時に人がどんな風になるか、教えてもらっていなければわからなかった。おろおろせずに、この人が恐い思いをしないようぴったり寄り添っていてあげられたのは、あなた方のおかげです。大事な時間を、少しも無駄にせずすみました。ありがとう。


てめえの命を医者なんぞの勝手にさせてたまるもんかい、と啖呵を切っていた小久保の身体は妻の手で清められ、お気に入りの浴衣を着付けてもらい、肉体の開口部には脱脂綿の詰め物まで、きちんと施されてあった。山崎は、遺体のその状態を確認すると、大きな身体を震わせ、抑えた嗚咽《おえつ》を漏らした。

翌日、往診を終えた足で通夜へ出向くと、小久保の妻は、弔問客への応対を息子夫婦にゆだね座を外した。まだ線香も上げていない私の手を取り、簞笥部屋のような狭い和室へ招き入れ固く襖を閉ざす。

「真紀ちゃん、今ここで決めて欲しいことがあるの」

すべての抽斗《ひきだし》に鍵穴のある、旧式な和簞笥の最上段を開錠した彼女は、その奥から木の手箱を引っ張り出すと、私の前へ置いた。

角々が黒い金具と鋲で補強された、舟簞笥のような箱を間に挟む形で、彼女も正座をする。弔事用の黒いエプロンのポケットから、細長い円筒形をした小さな鉄の鍵が取り出される。

「真紀ちゃんが開ける？」

私は首を振り拒んだ。手箱になにが収められているか、言い当てることができる。

「見るのも気が進まないわよね。わかってた。でも、だからって、私の一存で処分するわけにもいかない」

そうでしょ？　小久保が大切に保管していた、十数年分の手紙の束が取り出される。思っていたほどの厚みはない。

「誰が送ってきたか、真紀ちゃんにはわかってるわね？　その人には、まだ小久保が亡くなったことを知らせてない。病気のことも伏せてあったの。こちらの近況はね、あなたに関することも含めて、それこそなにひとつ明かしてはいないから」

「私の勤め先や、婚約のことも？」

「どこの大学に進学したか、仕事はなにか、一切教えなかった。あちらは長瀬院長の存在も知らない」

　さて、と多忙な未亡人は笑顔を作った。決めて欲しいことはふたつある。まず、この手紙を引き取るか、それとも処分を任せてくれるのか。もうひとつは、小久保の死を差出人の男性に知らせるべきか、否か。あなたの好きにどうぞ。

　想像と、現実の間には差異がある。期待と、事実の間なら落差だ。

　ほんのひとかたまりの紙束を見下ろしていると、耐えがたい重みで押し潰されそうに思えていた背中が、急に宙へ持ち上がるように、軽く感じられた。

「真紀ちゃん、大丈夫？」

　負担に思ったのは、私に、わずかでも彼の良心を期待する感情が残っていたからだ。

　彼が、実の娘にしたことを、いつまでもずっと重荷として背負い慚愧《ざんき》に苛《さいな》まれればいいのだと願っていた。その確認として、手紙がきているよ、という申しわけなさそうな小久保の声を聞いた。生き残った下の娘を忘れず手紙を書くことは、同時に、罪を憶えているということでもあると考えていた。

しかし彼は、下の娘を養子に出した藤原の家を知っていて、同じ場所でずっと開業している母に電話もできれば、手紙も、訪ねることさえ可能だった。もし連絡が一度でもあれば、あの母は、隠さず私に伝えただろう。

「いえ……おばさん、ごめんなさい。平気です」

小久保にだけ、赦しを求めていて、実の父を告発した娘になど本当は謝罪するつもりもなかった。

「怒らせちゃった？」

気づかう表情の彼女に、私は、腹を立ててなどいない、それどころか感謝している、と言った。

「ただ、ちょっと驚いて。こんなに少なかったなんて意外でした。もっと頻繁に来ていたものとばかり」

「これで全部よ。これっきり。それからね、私はここを引きはらって、息子夫婦の近くへ越すことにしたから。転送の手続きをしなければ、もう二度と、便りが届くこともない。逆に、あなたがもし、前のお父さんと直接連絡を取りたいと思うなら、それでもいいし」

私は、手も触れず、色褪せた畳に直接置かれた紙束を見ていた。私にとって、それは、ただの古い紙だった。なにが書かれてあっても、価値はない。

「処分してください、このまま」

「はい。任せてちょうだい」

「おじさんが亡くなったことも、知らせないでください」

「ええ、承知しました」

居ずまいをただし頷く彼女に、私は、ごめんなさいと頭を下げた。本来なら、処分はこの手ですべきだろう。私宛に書かれた便りだ。

「他人行儀で可笑《おか》しいわね」

遺体とともに焼くつもりであると、彼女は言った。手紙は、棺の足元、敷き詰められた花の下へ隠され、明日の午前九時には着火される。真っ先に燃え尽きるだろう。

遠くの親戚も駆けつけ、再会の純粋な喜びと躊躇とが交雑した、奇妙な賑わいを見せる居間で線香を上げ、久しぶりに会う息子夫婦と挨拶を交わしてからその場を辞した。

通い慣れた古い団地の、虫の音が聞こえる路地へ出ると、ブロック舗装のひずんだ隙に顔を出す雑草が、薄暗い街灯の明かりで影を作っていた。見渡す限りに、丈の短い草は列を成している。黒い影もまた、同じだけ連なる。

一瞬、姉を送る葬列を見た気がした。

しかしそれは、記憶が紡いでみせたそらごとで、二三年前、私の姉はひっそりと弔《とむら》われ、参列者と呼べる人影などなかった。

遺骨は、近所にあった寺の好意で無縁墓に埋葬されている。自殺した母は田舎にある実家の墓へ葬られており、その上、父親が警察に拘留《こうりゅう》されている身となればどうしようもなかった。親戚達は、実の父親を警察に突き出し家名をも汚した、冷酷な二番目の娘を嫌い、誰も手を差し伸べはしなかった。

自分に宛てられた手紙など、読むべきではないのだ。

あの男は、酔って帰ると、私達姉妹にそう語ったものだった。お前ら、よく聞け。手紙には、必ずろくなことが書かれちゃいない。

彼のこの考えが、果たして的を射ているものかは知らない。だが私は、子供の頃に教わったとおり、ほかでもない彼が私へ宛てた手紙を、触れもせず避けてきた。

悦《よろこ》ばしいことは口に上り、それ以外が書かれることになるのだと、彼は何度も幼い私達に向かい言い聞かせ、その証拠である一枚の便せんを持ち出した。いつも姉が、音読を促される。

「最初まで遡《さかのぼ》り、私がいなかったことにしたい」

便せんを見る必要もなかった。母の遺書には、そのたった一行と、彼女の夫の名だけが書かれていて、当時七歳と三歳だった娘達の名はなかった。

今ならわかる。あの男は、母が私達ふたりを気づかうことなく逝ってしまったと、それだけを思い知らせたかった。

母に捨てられたという感慨は、不思議と持つことがなかった。死とはなんであるのかすら、まだ理解しないうちに、私は、母が捨てたものは娘や夫ではなく、彼女自身なのだと、自然に悟った。母は、その身を晩秋の湖へ捨て、私達は残ったのだ。

地域の消防団や、レスキューが、岸に沿い薄い氷の張る湖へボートを出す。

白っぽい枝が重なる色褪せた落葉樹の森と、透きとおった余韻を響かせる男達の呼ぶ声、長い棒を使い薄氷を割る音。その隙を支配する、吸い込まれるような静寂と、水を含む冷気。

おーい、とひとりが叫ぶ。同じボートの男も、岸へ向け、おーいと大きく腕を振り合図する。全員が、手を止める。

体内の貯留ガスが遺体を浮き上がらせ、擦《す》りガラスのような氷の下に透けている。水中で、長い髪は放射状に泳ぎ、湖底の温かい場所で生息する魚に啄《ついば》まれたのか、目玉はなく、唇が損傷し、ちりちりと縁が崩れてふやけた白い肉の間から、真珠色の歯をむき出している。

あんな恐ろしいものはなかった。あの男は、好んで寝物語がわりに聞かせ、私は、眠りのうちに幾度もその光景を再現した。

恐くはなかった。

顔も憶えていない母の、生まれたばかりの私を抱いた産室でのスナップを手に、眼球と口唇の失われた相貌を、熱心に想像し追い求めた。しかし母の顔は、姉に似過ぎていて、彼女の死顔を思い浮かべようとすれば、生きている姉の印象が被さり邪魔をした。

あの男は、姉の顔を見ては苛立った。私はといえば、姉と母の別すら曖昧だった。「語られる死体」と、「母というイメージ」と、実際に私の世話をしてくれる「あたたかな手としての姉」が、ひと括りに分かちがたくあった。

姉を亡くしてからは、死とは、姉であり母だった。

本来、姉と母の不在を言う筈の言葉が、私にとっては逆の意味を持った。「死」が、私とふたりをつなぐ。誰もやがて来る死をまぬがれない、という当たり前の事実を想う時、私はやすらいだ。姉を殺めた男には永遠の命をと願った。

ヒデはかつて、堕落したナルシシズム、とそれを嘲った。

安っぽい感傷であることは承知しているが、堕落というのは合点がいかない、そう喰ってかかると、死者にすべての責任を転嫁するのか、と真面目な顔で聞き返した。

小久保の亡くなった日に三度の着信があって以降、ヒデからの連絡はなかった。私はこちらからかけ直すことをせず、それでいて、電話が鳴るたびに彼ではないかと身がまえた。三日が経過していた。

しかし、心理戦で私に勝ち目はない。相手がヒデでは、こちらの負けと決まっている。ホスピスケアに切り替えて間もない担当患者を見舞う、という表向きの理由を見つけ、私は、昼食の時間を潰し車を北へ走らせた。

あ、と佐竹は小さく叫んだ。

通用口から入る私を通りがかりに見つけ、挨拶も笑顔もなく、廊下の真ん中に立ちつくしている。

「医長、どうなさいました」

「藤原さんは、引継ぎかなにかですか？」

「いえ、今は休憩時間です。ひと月前こちらに入所された、杉本《すぎもと》さんの様子を見に伺いました。ほかにも、雑用はいろいろありますけど」

たまたま近くまで来たものですから。嘘は、饒舌《じょうぜつ》にさせる。しかし佐竹は疑うことなく、杉本さんならお元気ですよ、とどこか上滑りな調子で答えた。

「医長は、なにか私に隠してらっしゃる」

「なにもご存知ないのですね」

彼は、ヒデについて訊ねている。

「ではとりあえずこちらへ」

佐竹に促され、彼のオフィスへ入る。そのまま窓際まで行き、向かい合った。

「誰についてお話ししようとしているか、おわかりですね」

「一〇六号室の入所者に、なにか」

「彼は、もういません」

あなたに知らせなかったのは、私の独断です。佐竹はさらりと言った。

倉橋さんは三日前に退所し、自宅療養をしています。彼のマンションが長瀬クリニックのカバー範囲を越えた場所にあるので、別の往診可能な主治医を推薦しました。私の古い友人ですから、任せて間違いありません。

「なぜ、私に内緒に？」

「長瀬君は、私よりずっと若いが、大切な友人です。倉橋さんとの問題にあなたを巻き込むのは、長瀬君のためにならない、そのように私は判断しました」

「どういう意味でしょう」

おわかりになりませんか？　佐竹は、窓の外へ視線をやる。私の反応を確かめる必要など、彼は感じていない。話し続ける。

「長瀬君の耳に入っていないとは、到底考えられません。しかし彼は、この件に関してあなたと話し合う気がなかった。その理由を、考えてみてください」

「でも、この三日ほど院長には会っていません」

佐竹がこちらを向く。同じ職場に勤める、結婚を約束した者同士がですか？　ええ、と私は頷いた。

「仕事が押してしまって、すれ違いばかりで」

「すれ違い、ですか」

小久保の遺体を前にしていた時、ヒデは、私の携帯を繰り返し呼んだ。あの日彼はここを出たのだ。私に、なにを求めたのだろう。

「三日前、担当していた患者さんが亡くなりました。私の古い知人でしたので、とにかくミスのないよう仕事をこなすだけで精一杯でした」

「失礼。私が口出しすべきことではなかった。許してください」

そして、ホスピス医長の佐竹は、あなたが立場を踏み越えないと約束してくださるなら、と事件について語り始めた。

予定されていた午後の往診を終えクリニックへ戻ると、スタッフそれぞれの一週間分の日程が書かれた、大きなホワイトボードを見渡した。

ひとりを除いて、出勤から帰宅までのシフトや訪問地区などが、なぐり書きでびっしり記されている。名前の右側がきれいさっぱり空白になっているのは、一番下の罫《けい》、いつもどおり院長の長瀬だけだ。

長瀬は暇なのでも、無計画なのでもない。ましていい加減ではない。まるで、着陸許可を求める飛行機を片っぱしからさばいていく超過密空港の管制官のように、可能な限り移動し、時間を調整し、患者の求めに応じる。だから、朝にわかっている予定を書くのは無意味だ。居所を知りたければ、携帯電話に伝言を残し、彼がかけてくるまで待って、直接聞き出すしかない。彼はきっと、思いがけないところにいるだろう。

恋人達は、そんなにも熱心に連絡を取り合うものだろうか。三日にあげず、声を聞くのか？

ヒデは昔、不安心理と愛情を混同するな、と私を諭した。それこそが、勘違いの元と言い切った。私は納得したのだったろうか。憶えていない。

会いたいのは、愛情からではなく、自分の不安を鎮めんがための欲求に過ぎない、とヒデは喝破した。ではなぜ、彼はあの日、応答のない電話を何度も鳴らした？

それはきっと、私を恋しく思うからでなく、やはり不安のせいなのだろう。自ら招いた騒動で、彼は、安心して暮らせる筈の棲みかを追われた。

終業後、アパートへは着替えのためだけに戻った。髪を整えたり、化粧を直したりしたのは、そのついでに過ぎない。

一日の労働の疲れが、私の姿形までもくすませていて、それを取り去るために服を替えた。髪も化粧も同じく、単純な訪問者の礼儀だ。

私は、壊れかけのドクターバッグの替わりに、小ぶりのショルダーバッグをつかみ大通りまで駆ける。闇は、花の香りがする。

タクシーに乗り込み、行き先を告げる。割増の表示がある。人を訪ねるのに適した時刻ではない。でも、ヒデの無事をこの目で確かめなければ、きっと朝まで一睡もできない。

ひと目でいい。

ドアを開けた彼が、なにしに来たんだ、とあきれた声を出し、勝ち誇ったような薄笑いを浮かべるさまだけ見届けたら、それでもう今夜は安心して眠れる。電話で安否を知る方法もあるが、ヒデは、私の番号が表示されたなら無視する。おまけに非通知に応答するほど親切ではない。

モルヒネが、問題の発端だった。

無人のスタッフ・ルームへ忍び込むヒデの姿を、ひとりで回診していた佐竹が見つけた。部屋の奥には薬品庫への扉があり、その中、厳重に錠が下りた薬棚の前でふたりは向き合った。ヒデが、無言で、盗んだ鍵を差し出す。受け取った佐竹は、目的を訊かずその場は見逃した。けれどもその後、ヒデの留守を見はからい、こっそり部屋の私物を検めた。そこには、どうやって手に入れたのかわからない、モルヒネの水溶液が隠されていた。

その晩佐竹は、室内を調べさせてくれとヒデに頼んだ。モルヒネは見つけた場所へ戻してあった。念のため、と佐竹は言い、盗まれたものでもあるのか、とヒデが拒んだ。ホスピス内では、薬品の盗難の事実はなかった。

食堂やサンルームなどに入所者が集い、居室のエリアが閑散とする時間帯だった。しかしヒデが声を荒らげたため、スタッフが駆けつけた。ヒデは、リゾートホテルのバカンスにもあきた、と彼らに言い放ち、佐竹だけを部屋へ招き入れた。

相槌を打つことも、言葉を差し挟むこともかなわず、じっと耳を傾けるしかなかった私に、佐竹は、少量でしたが了解を得て没収しましたからご安心ください、と労《いたわ》るように言った。

私どもは、なにごとが起きようと責任を持ってお世話するつもりでした。退所は、ご自身が望まれたことです。あなたには是非静観していただきたい。

では医長、私に彼を放っておけとおっしゃるんですか?

私は彼に、長瀬もヒデもそれぞれに大切な存在だが、彼らに残された時間は違うと訴えた。

佐竹は、どう答えたのだったろう。穏やかに唇を結び、私が落ち着くまで待っていた。そして私に促されてから、ようやく、だからこそ心配です、と眼を見て言った。

倉橋さんは、なんのために帰国したのでしょう?

初めての街で、立ち並ぶビルの明かりを見上げるのは心細い。ただでさえ、タクシーの赤いテールランプが遠ざかり心許ないところへ、どれも似たような影が立ち塞がる。私はメモを街灯にかざし確かめ、目当てのマンションに目星をつけた。

塩酸モルヒネ水溶液は、痛みに対し即効性を発揮するが苦く、レモンやシロップ、ワインで溶くなど工夫して飲まれる。しかしヒデには処方されていない。脳の腫瘍によって起こる頭痛に、モルヒネの鎮痛効果は期待できない。ではなぜ、それを手元に集めようとしたのか。

エレベーターが、さあ降りろと扉を開いた。だがヒデが、さあ入れと扉を開けてくれるのかはわからない。部屋を探し、無駄な心がまえになど余力を割かぬうち、私は即座に呼び鈴を押した。

「注文してない」

ヒデは、大きくドアを開くなり言った。

「ピザ屋に見える？」

「女も頼んでない」

「嫌ってほど男の裸を見たし、撫でたり、叩いたりもしてきたけど、でも私が脱ぐ商売じゃあないの」

「こんな時間にいきなり訪ねておいて、なに間抜けたこと言ってる？」

玄関を開け放ったまま、ヒデは背中を向け室内へ戻っていく。

すぐに、ガラス瓶同士のぶつかる音がして、カネマラでいいか、と奥から声が呼んだ。私は、姿の見えない相手に「ええ」と答えると後ろ手にドアを閉め、サンダルを脱いだ。

「でも、カネマラってどんな代物？」

部屋の中央には、ベッドがある。ヒデはそこへかけ、普段使いのデュラレックスのグラスを差し出している。

まあ座れ。なにしろワンルームだから、椅子もひとつしかない。そう言って、苺色の安楽椅子を指す。人も呼べない部屋だけど、これから家具を揃えるなんて馬鹿げてるだろう？　私は、彼の瞳を睨むことでなんとか持ちこたえる。

ヒデは、アイリッシュ・ウイスキーのカネマラ・モルトカスクだと、グラスを掲げ言った。六〇度ある。真紀にぴったりだ。

「あなたいつから飲めるようになったの？」

「俺なら、舐めるだけで酔うよ。経済的だろ？」

「私だって、昔ほど飲まなくなった」

「品行方正な院長先生の言いつけか」

長瀬は、アルコールはやらない。いつでも患者の許へ飛び出せるようにだ。落ち着く暇がない、という理由もある。彼のすることといえば、仕事か、本を読みながらの食事、あるいは睡眠しかない。

「私を、呼んだでしょう」

いつだったっけな。ヒデが視線をそらす。もう間もなく四日前になるか。ほんのわずか注いだ液体を掌であたため、ただ香りを嗅いでいる。

「頭痛は、ある？」

「クリアミンを貰ってる」

指し示す先、小さなコーヒーテーブルに、薬袋がある。幸い効き目はあるようだと、ヒデは真面目に応じた。

「今日の午後になって知ったの。自宅療養に切り替えたこと」

「連れ戻しに来たようには、見えないけどな」

「電話に出ないでしまったことを、思い出したから」

小久保が死んだ、とは打ち明けられない。

「あれは……頼みごとがあった」

「あなたが私に？」

嘘みたいだろ、とヒデは笑い、快活な口振りのまま、

「書類をごまかして、モルヒネを分けて欲しいんだ」

笑顔には不釣合いな探るような眼で、私を見つめた。

モルヒネを使ってる患者は、一〇人や二〇人じゃないだろ。薬の増量があったことにして、一〇〇ミリでいい、俺にまわしてくれないかな。悪びれず続ける。

「ヒデ、佐竹医長から聞いてるのよ」

「だろうね」

「ここにも隠してる?」

「医者は家捜しが好きだな」

室内を見まわす彼の動きに釣られ、私もぐるりと首を巡らしてはみたものの、どうやら捜し甲斐はなさそうだ。コンパクトステレオと、積まれたCD、ノートパソコン、電話、大小のスーツケース、以上で持ち物が完結している。備え付けらしい冷蔵庫のある手狭なキッチンに、酒瓶と当座の食料、数点の食器が見えるほかは、おそらくトイレにトイレットペーパー、風呂場にシャンプーと石鹸があるぐらいだろう。まさか、ヘロインの売人を真似て、トイレのタンクに隠すとも思えない。

「せっかくの頼みごとなのにね、ヒデ、協力はできない」

「そっか」

がっかりだな。ヒデは天井を仰ぎ、短くため息をついた。それにしても、真紀、なぜ理由を訊かない。

会うべきでなかった。

再会は、私にとっては過ちでしかない。

ヒデはホスピスに興味はなかった。彼は、私を求めた。恋人としてなどではない。死の伴侶として、自分によく似た女を誘いに来た。歳月が私を鈍磨させたとも知らず。

「はるばるアムステルダムから、そんなことを頼むために、海を渡りやって来た？」

安楽死を、国家が法律で認めている国から。

「なかなか言い出せないところが、いいだろ」

彼を殺して、私もあとを追えばいい。

ふたり分、たった二〇〇ミリのモルヒネと、一本の注射器をたずさえ、どこか、誰も私達に干渉しない土地へ行き、少女の頃からの念願をかなえたらいい。姉と母のいる場所へ逃げ込む。ヒデと、手をつなぎ、やすらかな死者の列に連なる。

「言えなかったのはどうして？」

「すぐではもったいねえな、と、時間を欲張った」

立派に社会生活を営んでおります、ってな風情の真紀が、白衣の裾をなびかせて、あの無闇に明るいホスピスの廊下を歩いてたんだ。ゴム底のサンダルが、きゅっきゅっきゅっとリズムを刻んでた。俺は、入所前に一度見かけてる。

帰国は間違いだったと思った。でも、あとになって、駐車場で会った時は違った。遠目には颯爽《さつそう》としていても、近寄ると、すげえ退屈した目で男を眺めてるのがわかった。それに気づかないこいつって何者だ、と正直驚いた。

「ひどい悪口」

「違うだろ。あの大物から同調してもらえない真紀は、とりあえず本性を脇に置いて、社会に受け入れられる生き方というものの、猿真似をしてきた。真紀は、最初は人助けになんか興味もなかった。けれど、患者の重い荷物を回収してまわれば、またたく間に一日が終わっちまう。自分のちっぽけな手荷物なんか、気にする余裕もない。すると、本能的な部分が、これだ、と閃いた」

「このまま、引きずられるように生きていこう……」

「そう、考えた？」

「うん」

ゆで卵の表面に張りつく膜のように、日々の憂鬱はのっぺりと薄く、しかし頑固につきまとい、心を曇らせる一方で、命を絶つ気力を奪っていく。いずれきっとなにかが起きるだろうが、では、それまでをどうやり過ごそう？　研修医時代の私がきょろきょろ見まわすと、そこに、人生を投げ出す手本がいた。

長瀬は、見つめ合う必要のない相手だった。

それと知りながら過ちを犯しがちなヒデとも、無益に過去に囚われる私とも違い、まっすぐ前へ歩んでいた。彼と同じ方向を向き、同じ速度で駆けていれば、私は傍目には人並に見え、その上死んだも同様に、自分自身を想わずにいられる。

「私、打算で人を選んだ」

「そんなに器用か？」

ヒデは、それなら今ここにいないだろ、と鼻で笑った。

「じゃあ、なんのために、私がここへ来たか。もし知ってるなら言ってみなさいよ」

腹が立った。そして、強い酒を勧めたのは、私の本音を引き出すためのヒデの策略ではと、今頃になって気づいた。手遅れだ、と理性が口を挟む。理性はまだ無事らしい。それなのに、自ら匙を投げるとは、許しがたい。

「なんのためかって？　それは、俺に会いたかった」

ヒデも、許せない。

「私はあなたに、馬鹿なことはしないでって言いに来た。それだけよ。自分がどうなろうと平気でも、人が死ぬのは我慢ならない」

「ほんの数十日の誤差で、放っておけば間もなく死ぬよ」

「放っておけばですって？　なおさら、急がなくてもいいじゃない。望みどおり放っておいてあげるから、〈ほんの数十日〉生きたらいい」

「〈なんのために〉？」

落ち着きはらっている目の前の男が、心の底から憎らしかった。

「真紀、教えてくれよ。なんのために、ほんの数十日余計に苦しむべきなんだ？　あの日、ピアノが俺の唯一の美徳と言ったよな。今、右手の握力が十キロ前後しかない。ほかに、俺になにが残ってる？」

私では駄目かと、名乗りをあげるべきだ。でも、くだらないプライドが袖を引く。

ピアノのない部屋を見渡す。心臓が、ぎゅっと縮むように感じる。ヒデは、立って、苺色の椅子にかけた私の背後へまわった。

「真紀が拒んだところで、薬を手に入れる当てならほかにもある」

佐竹が没収したモルヒネ水溶液は、ホスピスに心当たりのないものだった。

「だけど真紀、今どこにいる？　何時になる？　その服、仕事着じゃないよな？」

ヒデは、恋人の不実を叱るように哀しげに訊く。

「婚約者には、言ってあるのか？」

長瀬とは、今日も顔を合わせていない。一週間以上も話さずに過ごすことだって、珍しくない。

彼は、相手の心をいちいち確かめたいタイプの人間ではない。私も、用がなければ連絡をとらない。もし、クリニックでうまい具合に顔を見たら、ここぞとばかり仕事上の相談をし、アドバイスを貰う。あるいは、本を貸してくれるよう頼む。

私はヒデの部屋にいて、日付が変わろうとしていて、そしてこの服は、タクシーの運転手に褒められた。デートでしょうと初老の運転手は言い、私は自然に、どうしてそう思うかと理由を訊ねた。不快な感じはなかった。運転手は、陽気に笑った。仕事柄、服装でピンときますよ、女性でも、男性でもね。

「モルヒネ、あきらめてもいい」

真紀しだいだ。ヒデの左手が、私の鬢《びん》の毛を生え際からすくい、丁寧に耳へかける。

「条件がある」

かすれた声は、背後から届く。

「朝まで、ここに」

言いあぐねるようにして、冷ややかな手の甲をゆっくりと私の頬にすべらす。

「真紀」

息づかいが聞こえる。男が欲情した時の、あの、呼気に混じるノイズだ。近づく。思わず目を閉じる。

ヒデは、私の後頭部の辺り、髪の中へ鼻先を埋めた。吐息がこもり、うなじの上が熱い。やはり左手が、首回りに添う髪束をそっと後ろへ流す。その指が、すぐに戻り首筋へ触れ、静止する。

ヒデの掌は、甲の側の冷たさを裏切るように熱い。彼は、人差し指にだけ力を込め、頸動脈、と呟く。私にとって、その響きは、生より死に近しい。

肉体の部位を表す言葉は、解剖学の、死体の、そして病の、それぞれの諸相を持つ。分かちがたい。頸動脈とは、活発に血液を送る躍動する器官であるのに、むしろ、血瘤の破裂や絞殺の、死のイメージがべったりとこびりついている。皮膚に付着して乾いた血のように、はがれない。

「抱いたら、やっぱり怒るか？」

抱く？　そう訊き返した筈なのに、ヒデは無言でいる。

「抱く……って、抱くということ？」

「うん」

それが、彼にとって最後になるとしたら？

「なさけない取り引きだな。やらせてくれ、なんてさ」

おずおずと、指先が、喉首をなぞる。耳たぶの先には、ヒデのかさついた唇が触れている。

薄い肉を貫いているプラチナの軸が、ぐらつくように動く。ピアスの穴、開ける時ひどく痛むのか？　深い呼気で、耳の後ろが湿っぽくあたたかい。肉に、針がめり込むんだろ？　耳たぶの内部に感じるピアスの揺らぎが、なぜか、乳房を疼かせる。

ヒデは、背後から、私の顎を持ち上げるようにして上向かせる。どうすればいいかわからない、とでも言いたげに、私の瞳を見つめる。

「逃げないのか?」

軽い口づけを額の生え際に、眉間に、こめかみに、頬骨の下、鼻先、口角の横、だが唇は避ける。

「なあ」

私はただ見つめ返す。くそ、とヒデは小さく悪態をつき、椅子の背ごと、私を両腕で包み込む。

「なんとか言えよ」

ちょうど乳房を潰すようにまわされた腕の、不自由な右手を、私は、しっかりと五指につかみ取る。

彼が手首を震わせたのは、拒絶されると感じたからだろう。急に脱力したその腕をいったん引きはがし、私は、空いている手でキャミソールの胸元をゆるめてから、彼の右手をその内側へ導いた。

指の力が衰え、鍵盤は思うように叩けない。でもやわらかいものなら、まだ扱える。どこかぎこちない動きで、ヒデの右の指が私の乳房をまさぐり、機能障害のない左手が、服の肩紐を両の肩からはずす。首のつけ根から、剥き出しの肩に沿って、かさかさに乾いた唇が腕の辺りまで移動していく。

そして、乳房の張りの先、隆起した部分へ指先で触れたかと思うと、焦りを含む声で、駄目だ、と呟き手を離す。

「嫌なら張り倒せよ、強姦はごめんだから」

言いながら、ヒデは身体を起こし、私の前へまわり込んだ。立ったまま誘うように腕を差し伸べる。

右だった。無理に私を引くことはできない。

作りもののような感触のある、自由を奪われた手へ指を絡め、私は、自分の脚力のみで立った。ヒデは、ほんの少し怒ったような表情を見せ、私の身体を抱き留めた。

不確かな、心許ない、脳にある腫瘍のせいで遅れがちな右半身の動きが、七年前の若い性急さとはかけ離れた、ゆったりとした動作を導き出す。もてあまし気味の四肢と、ままならぬものを超えようとする熱、見え隠れする甘え、不意の脱力と狼狽《ろうばい》、体勢の立て直し、続いて、やはり腫瘍が起こした指の震え、ため息。私はそのすべてを受け止め、それぞれに従い、助ける。

「俺、実はそんなに高度な技は使えないんだ」

寄る辺ない、といった風情で、時間をかけて裸にした私の上へ疲れ果てたように倒れ込む男を、拒んだと思われぬよう大切に脇へ押しやると、私は、彼が不自由さを感じずにすむやり方で、互いをつないだ。

「眺めがいい。こんなことなら、白衣を着てきて欲しかったな」

うわずった声。仰向けに寝たヒデは、私の乳房へ両手を当て、大きく息を吐く。右手は、すぐに下ろす。そして左手だけが、脇腹、腰骨、太腿と、順にフォルムをなぞるように幾度も往復した。

このまま殺されてもいいかな。ヒデが、瞼を閉じた笑顔で言う。静かな夜で、家具の少ない狭い部屋の壁に響くようだ。

腹上死の逆をなんて言うんだドクター。私はとりあえず、喋りすぎる口を舌で塞ぐ。さあ、と吐息が言う。動いて。私は指示に従う。

呼吸が乱れ、心拍数は上昇し、短いうわ言とうめきと、もどかしげな手脚の屈伸《くっしん》、筋肉は緊張を続ける。そして、弛緩する。身体の中で、彼が、びくりと震える。私は、すべてが収まるのを待たず、大の字になったヒデの腕を持ち上げ、急いで脈を見る。

「呼吸はどう？　苦しい？　頭痛は？」

「バカ」

やっと口を開いたかと思えば、真紀、そんなくだらない質問をする。苦しくてぜいぜいやってると思うか、このヤブ医者。憎まれ口を叩くヒデは、私の裸のお尻を軽くはたこうとして、中途半端に空振りした。右腕だ。私は気づかぬふりで、彼の胸へじかに耳を当て、心臓と肺の音を聴く。

「無事みたい。モルヒネの約束、守ってね」

「朝までいるってのが条件だったろ」

「添い寝？」

肌を隠すものもないまま並び横たわる私に、ヒデは、まるでしがみつくようにして全身を密着させる。

「真紀がどうしてもというなら」

ヒデ、と私は呼ぶ。彼は、私の首と肩の間に顔を埋め、長いため息をつく。泣いちや嫌だ、と思う。私まで弱くなる。

「ねえ、もう変な気は起こさないって誓う?」

彼は頷き、私の髪へ口づけた。その体温の高い身体を、私は、乳房が潰れるほど強く引きつける。

「疲れたでしょう。眠って。抱いててあげるから」

ヒデが、全身の力を抜いた。

V

早いか、遅いか。先か、後か。

もうすぐ私は三二歳になる。母の歳だ。母は、その誕生日の早朝に死んだ。三二歳で留まり、私を待ち受けている。

早く死に到達した者、そして、遅く着く者。先に亡くなる者、後から追う者。姉を殺した男は、私達姉妹に言ったものだった。お前達は同じ穴のむじなだ。早いか、遅いかの違いしかない。ふたりとも、三二まで生きられない。

結局は自分で娘を殺めたのだから、予言が的中したとは言えない。ヒデはそう一蹴した。あれは、つき合い始めたばかりの頃で、もう彼の記憶にもないだろう。

育ちを口実にするのは、そろそろやめておけ。真紀の身の上は可哀想だよ、それで充分だろ？　これ以上を上乗せしたいのは、手前勝手な欲求であって、俺には到底同情できない。

私はついていた。私には、小久保夫妻や、藤原の養父母や、友人がいた。血縁に恵まれなかった分を、血のつながらない他人が埋めた。その気があれば、私は、過去をきれいに乗り越えられた。

しかしあえてそれを避けたのは、生き残りの安い罪悪感に過ぎない、とヒデは言った。

それなのに彼は、持ち前の心任せなおおらかさで、誰あろうこの私を、死出の立会人に指名しようとしている。

かつて彼は、一度として私に「死ぬべきでない」とは言わず、深刻さを笑い飛ばした。やめさせようとはせず、悩むままに放っておいた。だがそんな不埒な彼が、今は、致死量のモルヒネに望みをつなぐ。私はなにをすればいい?

深い森に、湖があり、注射器に、透きとおった水が満ちる。凍り始める寸前の冷たさと、苦さに、秘めた意図が溶かれている。

水が、母の肺へ浸入し、ヒデの血管をさかのぼっていく。

薄く氷結する湖面の下、ゆらゆら長い髪を泳がせる溺死体と、無色透明な薬を用い、苦痛もなく呼吸を停止させたやすらかな寝顔との間に、その透徹な水のほかにも、あまたの一致を見るだろう。

　しかし、望んでいたのは私であって、彼ではない。

　ヒデの部屋から戻り、あわただしく身支度だけ整え出勤すると、長瀬はすでに、朝一番の往診へ出たあとだった。

　連絡事項が職員一同に言い渡され、引継ぎや打ち合わせの必要な者達は集まり、掃除や、準備や、昨夜のスワローズの敗戦結果分析などで調子が上がる頃、坂本が、事務のブースから手招いた。

「ドーナツ食べませんか。ほら、砂糖がかかってないのもあります」

　コーヒーだけでは朝食と言えませんよ、ってここのドクターに注意されたことありませんか？　騒がしい周囲に頓着せず、仕事の準備が整ったデスクで悠然と緑茶をすすっている。

「ありがとう、助かる。実は朝は抜いてきたの」

「だと思いました。寝てないような顔ですね」

「むくんでる？」

「さあどうでしょう」

坂本は、小久保さんのことがまだ気になりますか、と訊いた。

長瀬とは、ほとんど語り合う機会が持てないのに、私は、留守居役の坂本と、毎日のように親しく会話をする。昼食や、彼の都合しだいで夕飯をともにすることもある。坂本は、あの多忙な婚約者より、私について詳しい。だがそれでも、ヒデには遠く及びもしないだろう。

「小久保さんのことなら大丈夫。覚悟はできてたし」

「やれるだけのことはしましたしね」

「看取りは、あれでいいと思うの。私達は介入しないでよかったのよ。薬や、アドバイスや、必要な手助けだけ、望まれた時にしてあげられれば」

「奥さんに手を握られ、邪魔も入らず……か」

坂本はドーナツを口へ運ぶ手を止め、

「凄いのは、あの奥さんの度量です。自己責任、ってつらいですよ。亡くなってしまう方はそれきりだけど、残された人間は、その後も生きていくわけですから。あれで本当によかったか、ってこれから何度も思い返す筈です。そこまでひっくるめて、あの奥さんは引き受けた」

私の顔色を真剣に窺いつつ、言葉を継いだ。

彼には、小久保と私がどのような形で出会ったかを話してある。坂本は、人に聞いてもらうと気持ちが整理できて楽になれますよね、とさり気なく励ましてくれたあとで、増水した川に流された自分の妹の話をした。川へは、彼が、濁流の見物に誘ったと言った。僕は四歳で、妹は三歳でした。だけど僕には、どうやって妹が川に落ちたか、記憶がありません。

「本当は私、人が死ぬのは嫌い」

食べかけのドーナツを見つめ、正直に白状すると、では最悪の職種を選んでしまいましたね、と坂本がほほ笑んだ。

「そうなの。でもこっちに来てしまった。嫌なのに」

坂本は、白いアイシングのついた指をウェットティッシュで拭いながら、

「嫌なのに、ではなく、嫌だから、でしょう」

当たっていなければいいですが、と目をすがめた。

最初の訪問先へ向かう車中で、私はふたたび、坂本の打ち明け話を思い出してい

た。

一年以上も前になるだろうか。連休中の日直を終え、妻と子が実家へ帰省していた彼と帰りがけに飲んだ。坂本は、持ち前の軽快さをもった翳りのない声で語り始めた。真紀さん、僕は父を裏切りました。父は望まなかったのに、管につなぎました。

妹の死について、まだ幼かった兄の失敗を責める声はなかった。坂本には、早い時期から、母親によって事実が伝えられた。あなたは川岸で泥まみれになって泣いていた。あなたの妹は、川から引き揚げられた時には息がなかった。病院に運ばれてから息は吹き返したけれど、意識が戻る見込みはなくて、お父さんは、人工呼吸器を外して楽にしてやりたい、とお医者に頼んだ。

僕は当時、呼吸器がなんであるのかすら理解していませんでした。坂本は笑顔を見せ、でも間もなく意味を知りました、と平板な調子で続けた。

しばらくして母親は、呼吸器は外すべきでなかった、お父さんに押し切られて後悔している、と息子へ語って聞かせるようになった。父親の方は、負けまいと思ったのか、自分の決断に誤りはない、お母さんは身勝手なだけだ、と息子に言った。そして、坂本が中学に上がった年、病に臥した。

これから病状が悪化し意識を失うようなことになったなら、延命措置はせずに尊厳死を選ばせてくれ。病院のベッドで、父親は息子と妻に語った。坂本が下校途中にひとりで病室を見舞えば、どうかお前が母を説得してくれと、念押しを欠かさなかった。しかし、とうとうその日がやってくると、父親の喉は切開され、チューブが埋め込まれた。母親が希望したことだった。

僕はその場にいたんです。坂本は、酔えない酒を乱暴に流し込みながら言った。でも、母を止めなかった。あの時は後悔したから、と僕にしがみついて泣くんです。あの時は、と言われて、僕は動けなくなった。

ワイパーの効きがわるい。ゴムが劣化したのだろう。フロントガラスの右半分だけ、中ほどに拭き残しの虹がかかる。とらえ損ねた水分と油膜が、七色に光る。雨は止みそうにない。

坂本の父親は、意識が戻らぬままふた月を機器につながれて生き、息子が中学二年に進級した春、危篤に陥った。

始業式の最中に知らせを受けた坂本は、どうにか臨終には間に合い、すっかり肉が落ちた父の身体を清めながら、その間、ずっと謝罪の言葉を念じ続けた。彼は、チェイサー代わりのビールを飲みながら私に言った。知ってますか、真紀さん、取り返しがつかなくて、どうしようもなく申しわけない時、「ごめんなさい」しか出てこないんです。

雨の日の仕事は、遅れをまぬがれない。

訪問先の人々が陥る憂鬱と、途上の交通渋滞を相手に手間取る。どちらも天候に左右される。晴れた日なら、患者もその世話をする人間も比較的体調がすぐれ気分もいいものだから、それほど不安を口にしない。道路も、徐行せず気楽に飛ばせる。

なるべく補充に戻らなくてもすむように、車には、たっぷりの薬と医療器具を積んである。使い込み、崩壊しかけているドクターバッグをつかんで、濡れながら訪問先の玄関まで走り、ふたたび駆けて車へ戻ると、重いそれを助手席に投げ込む。

この手で患者に触れること、傾聴、そしてずっとあなたとともにいますという保証を、幾度も繰り返す。私個人の問題は考えなくていい。次々に、対面する患者と家族のことばかりを思い、持てる限りの能力を傾ければ、時間はみるみる過ぎていく。昼食のチャンスは逸した。朝食を分けてくれた坂本に感謝する。

坂本は、リビングウイルに登録したいができないでいる、とも言った。リビングウイルに登録し、尊厳死を選ぶ意思を明らかにしておけば、たとえ父のように意識をなくす事態になっても、延命措置は望んでいなかったと証明できる。けれども妻は、家族の心情を無視するのか、と反対している。

ふたりの息子と自分のために、一分でも長く生きていてくれって言うんです。動けなくても、意識がなくても、ただいてくれたらいい、って。どうやら僕は、彼らから「もういいよ」って言って貰えるまで、どんな手を使ってでも、苦しくても、大脳の機能が失われたって、生き延びなきゃならないようです。

まあせいぜい頑張りますか、と坂本は笑顔で呟き、普段どおり飄々《ひょうひょう》とした様子で、さらりと訊ねた。

真紀さん、尊厳死と、安楽死って、違いはどこにあるんでしょうね。

坂本は、ドクターとしてではない個人の意見を聞きたいです、と私の瞳を覗いた。

あなたはどう思うの？

やだなあ、質問を質問でかわすごまかし方って、ドクターが患者に使うやり口ですよ。

でもね、相手が本当に話したがってることを知るには、これが一番なの。

本人の自由意思を保ったまま死ぬのが尊厳死で、尊厳死を望みながら遂げられそうにもない、心身ともに難しい事態を迎えた人のための、あるひとつの選択肢が、安楽死ではありませんか？　坂本はひとつひとつの単語を確かめるように言って、私の反応を待った。私は、そうね、と頷き、どの程度で尊厳を保てないと感じるかは人それぞれだけど、と続けた。

坂本は、どんな状況でもとことん生きていたいと考える人を、僕だって尊敬しているし、精いっぱい手助けしたいと願ってます、と気色ばんだ。でも真紀さんならわかるでしょう？　自分と、自分以外の人のことって、ぜんぜん別なんです。

午後の仕事の合間に、二度、長瀬の携帯を呼んだ。二度とも、電話に出られない旨のメッセージに切り替わると同時に、通信を切った。

昨夜から今朝までヒデのベッドにいたこと、そこで起きたこと、すべてを秘しておくべきだと知っていたが、それでも、彼の声を聞きたかった。彼が一言、小久保の死は残念だったが元気を出しなさいと気づかってくれたなら、私は、ヒデと再会する以前の気持ちに戻れるのではと思った。

降り止まぬ雨と厚い雨雲のせいで、夕闇は、早くに訪れた。

アスファルトに反射する眩しいヘッドライトが神経に障り、とうとう頭痛を引き起こす。最後の訪問先からの帰途、行きつけのガソリンスタンドへ寄った。顔馴染の店長にワイパーの不具合を言うと、彼女は、十分もかからずに交換させると請合ってくれた。

彼女に車を預け、待合で、再度電話をかけてみる。やはり応答はない。忙しいのはお互い様だ。わかっている。私は頭痛薬を服用し、暗い液晶画面を見つめていた。こうしていれば、意中の相手から着信がありそうに思える。

しかし、新しいワイパーの効きを確かめ、礼を言ってスタンドを出る頃になっても、長瀬からの連絡はなかった。メッセージを残せばあるいは、とも考えたが、なにを言えばいいものかわからず、悩んだ揚句にあきらめた。彼になにを言おう、と考えれば、ヒデの部屋のがらんとした光景が脳裡に浮かび邪魔をした。

アルバイトの青年が、雨で数珠繋ぎになった車列へ割り込めるよう、濡れながら誘導してくれる。この分も、ちゃんと彼の給金に足してあげているだろうか。ようやく車道へ乗り出し、帽子を取り会釈する彼へ手を振った瞬間、白衣の胸ポケットで携帯がじんと震えた。

移動中、ハンドルを握りながらの通話は、院長命令で固く禁じられていた。たとえそれが長瀬自身からでも、勿論患者からであっても、もし運転中に応答していたとわかれば即減俸、という誓約書に、全員がサインさせられている。車の権利がクリニックにあるためだ。だが私は、禁を犯すつもりでポケットを探った。

車の隙を縫い、後方から迫るスクーターが気になった。暗闇と、雨と、ネオンとライトと、それらが路面に反射する光で視界はわるく、前方から視線をそらせぬまま、私は手探りでボタンを押し、藤原ですと応えた。

「遅い」

ヒデの声だ。

「真紀、電話応対は職業人の基本じゃないのか」

ヒデがなぜ、電話口にいる？

考えが混乱する。そして気づく。長瀬からと決めつけていたのは、私の勝手な思い込みに過ぎない。

「期待と違ったか？」

ヒデが言う。少しだけ、声がかすれているように思う。

私は、沈黙を武器にする。

「ひどい気分なんだ」

無言の抗議がふたつ目の交差点に差しかかる頃、ヒデが折れた。

「車だろ?」

もし勤務が終わってるなら、これから寄って診てくれないか。

私は、了解、とだけ告げ通話を切ると、何台もの車が右折待ちをしている隣のレーンへ、強引に車首を割り込ませた。


今朝歩いたばかりの街路が、雨粒に乱反射する光で別の顔を見せ、微かな親しみすら拒む。

夕刻から夜へ移り、厚い雨雲に覆われていた日中よりも、辺りの景色がくっきりと明るい。しかし輝きは、空から降る光ではなく、そこかしこから放たれる人工の照明とその反射であるから、私はいつも、自分の立つ位置がわからなくなり戸惑う。地面から浮いてあるように心細い。雨の日の暗さや、面倒さよりも、雨粒が攪乱する光に、私は困り果てる。

私の知る雨は、気づかぬ間に去っているか、目の前で突然降り止むかのどちらかだが、今夜の雨は、マンション前へ車を停めると同時に、地上からすうっと消え失せるように上がった。

シートベルトを外し、皺の寄った白衣を直す。次に、頬へかかる中途半端な髪を払う。隠れるようにして手鏡に映す顔は、頬骨の下が落ち窪んでいる。ドアを開け、黒く光るアスファルトへ足を下ろす。そして、ゴムのレインシューズに落胆する。

昨夜寝た男の許へ、私はゴム製の赤いスリッポンで向かった。気分がすぐれないと彼が訴え、私は、あくまで医師の立場で訪問する。だから滑稽ではない。そう何度も唱える。今朝別れたところなのにもう恋しくて訪れる女、というのなら、華奢なミュールでも履けばいい。でも私は違う。

「ずい分とゆっくりじゃないか」

ピザ屋なら、料金はいただきません、ってところだな。ヒデは言い、乱暴な口調とは裏腹に、肩で大きく息をついた。

「私がどこを走ってたか、あなた知らないでしょ」

「物理的な話じゃない。慌てた様子がないのは、ちょっとがっかりだな」

身辺に不都合があれば介護担当者を呼ぶだろうし、症状の問題なら主治医に電話するだろう。だが、言い分を、私は口にしなかった。

「で、遅れてきたヤブ医者は門前払い？」

私はドアの外にいる。ヒデは、靴に気づきにこりとした。

「雨、ひどかったな」

「たった今止んだところ」

「ほら見ろ、俺は晴れ男だ」

七年前にも幾度となく耳にした迷信を、変わらず頑なに主張し、ヒデは、具合がよくないのは本当だ、と私を中へ招き入れた。

室内は、朝と同じく閑散かつ清潔で、小さなコーヒーテーブルの上の薬袋だけが、ふたつに増えていた。中には、ホスピスで佐竹が処方していたものと同じ薬剤しかなかった。ヒデが、昼過ぎに往診があったと言い、キッチンに立つ。また六〇度ではまずいかな？　私は無視する。

「ドクターは、症状に関してなにか言っていた？」

「そんなことより、六〇度以下で何度以上ならいい？」

「飲酒運転はしません」

「宗教上の理由からか？」

「ふざけないで。いい加減な人間のせいで、本当にひどい事故が起きてるの」

「ごめん」

減らず口を叩く気概はあっても、身体機能の衰えは隠せない。

ヒデは、冷蔵庫から取り出したペリエのボトルを左腋にしっかり抱え固定すると、同じ左の手で、器用にキャップをひねり開栓した。左で注ぎ、左で運ぶ。右腕はだらりと垂れている。まだ動くが、思うようには操れない。痺れもある。

麻痺は容赦なく進行するだろうが、それよりも早く、頭蓋内圧が亢進し呼吸を止めるだろう。テーブルにある薬の効果は、あとひと月しか続かない。

「水なら文句はないな」

「ありがとう」

発泡しているグラスを手渡しながら、ヒデは、なぜ呼んだかわかるか、と訊いた。

賛成できない。私は即座に答える。

「まだなにも言ってない」

　ヒデがため息をつく。まあいいさ、と背を向ける。

「発作が起きる日を待つより、自分でその日を決めたい」

　重そうに歩を進め、ベッドの角へ腰を下ろす。

「昨夜でカタがついた筈でしょ？　それともあれは、昔の女を侮辱したかっただけ？」

　私は、ひとつしかない椅子へ浅くかける。ヒデが、そういう問題じゃない、と傷ついたようにうつむく。

「あれからずっと考えてた。呼吸が止まる瞬間を焦れて待つか、この日と決めて、薬でけりをつけるか。どのみち避けられないなら、やっぱり、とっととやっちまう方が性に合ってる」

「でも、まだしばらくは生きられる」

「ピアノでも弾いて待つか？」

　ヒデが顔を上げる。

　音楽を聴くにもエネルギーが要るなんて、俺は知らなかった。身のまわりの始末をちゃんとやろうとすると、聴きたいCDを選ぶ気力すら残ってない。それに、いずれ自力では立てなくなる。頭痛も、いつまで押さえ込めるか。そんな俺に、これからどうやって暮らせって言うんだ？

私は、そのためにホスピスがある、と感情を抑え言い返した。ヒデは、俺は人間ができてないんだ、と足許へ視線を落とす。

「不本意に、断ち切られる人生だってのに。俺自身が、こんなになっちまった自分を許せねえのに、あそこで働いてる連中ときたら、今の俺をそのまま受け入れちまう。こんな、鍵盤すら重く感じる俺も、やっぱり俺自身に違いないってことが死ぬほど嫌だってのに」

人の世話になりたくない。自分に対して腹が立つんだ。わかるだろう、と言うようにヒデは私を見つめる。つい、目をそらしそうになる。

「拷問に耐えるべきだと思うか？　どうして、拒否しちゃいけない？　誰もが勝手に、俺がそれに耐えられると決めつける。治るなら、つらくても我慢する。でも痛みも麻痺もひどくなる一方で、息が止まるまでは進行するだけとわかってる。苦しみながら、発作が起きる日を指折り待つんだ」

俺からピアノを奪ったこいつと、仲良く、一緒に。ヒデは、自由な左手の人差し指で、こめかみの少し上をつつく仕草をした。

「眠らせてあげる。意識のレベルを下げる薬があるから、それを使って、精神的な苦痛を感じないようにしてあげる」

「そうじゃない」

ヒデは、セデーションなら知ってる、と言った。問題は苦痛の強弱ではなくて、個人的な価値観の違いなんだ、真紀。

「意識を失ってなきゃ耐えられない状態なんて、もう俺自身であるとは思えない。耐える理由もない」

苦痛に耐えてでも生き続ける理由は、人それぞれだろう。

私は昨夜、生きて欲しいとはっきりヒデに言った。彼を、裸の胸に抱き締めた。そうまでしても、まだ彼は、私に、その手で息の根を止めてくれと請う。

私では、彼を留める理由になり得ない。七年前と同じく。

「解剖すれば、モルヒネが死因とわかるの。臓器に残るから。それに、あなたが自分で静脈注射をした場合、注射器がそばに転がってるわけでしょ？　一目瞭然じゃない。警察が、薬の出所を探して私のところにもやって来る」

「誰かが、注射だけしてくれたらいい」

誰か、とは私しかいない。

「それでも、自宅で死ねば法的には変死体だから、死因を特定する手続きが発生する。万一、解剖されたら、完璧にばれる」

「二四時間以内に主治医が死亡宣告すれば、問題ないんだろ?」

「私はあなたの主治医じゃない」

違う、とヒデは笑った。ドクターが往診に来る時間を見はからって、決行すればいい。呼吸が止まったのは、脳ヘルニアのせいと考える。わざわざ変死体として届け出たりしない。

「真紀の医師資格を道連れにしようなんて、思っちゃいないよ」

私の心臓を刺したつもりか、満足そうに鼻から息を吐く。しかし、ホスピスから紹介された主治医が、佐竹と通じていないわけはない。佐竹は、必ず私を疑う。事態を公《おおやけ》にはせずとも、私が医師として適任でないと、長瀬に進言するかもしれない。正しい行いだ。

透きとおった水を一〇〇ミリグラム、ヒデの静脈に注射し、私は、痕跡を残さぬよう速やかに立ち去る。だがその前に、呼吸と脈の停止を確認しなければならない。それだけで、終わるのか？

「殺してくれ、とあなたは言ってる。道連れでなくとも、巻き込んでいることにかわりない」

「頼めるのは真紀だけだ」

俺を殺せるのは君だけだ、とは、俺が愛しているのは君だけだ、と同じだろうか。勘違いしたつもりで突っ切るには、それらは遠い。

「あなた、私があとを追うとは考えないわけ？」

「追いたいのか？」

「人に暇つぶしの話題を提供するのは、嫌」

だろ、とヒデが笑う。真紀は、昔から、わかりやすいものはすべて嫌う。

「だからわかりにくい心中なら、まだ、許容できるよな」

「時間差があるとかね」

「三〇年ぐらいな」

だって真紀、と言いかけて口をつぐむ。

私は、わかっている、という意味で首を傾げて見せる。ヒデは、申しわけなさそうに目をそらした。

医師免許は、死ぬために求めた権力だった。記憶も残さなかった母と、幼い姉の死は、私には早すぎて、遅れて心中するつもりで、成長を待った。

「でもね、この頃は、わざわざ死ななくたって、とりあえず生きていても変わりないと思うようになってた。私なんて、生きてようが死のうが、さして違いもない。それにもうずっと、気持ちはふたりと一緒にあったし」

「心中し続けている」

「そう。ずい分前に始まって、まだ終わってない」

もしかしたら、と思った。

あるいはヒデも、こうして私が死を望む声に耳を傾け続けていれば、話し合ううちに、自然な最期を迎えることになるかもしれない。これからひと月、ふたりで、さてどのように死にましょうか、と相談すればいい。

道行きの途中で、半端に立ち止まる。不届きな物見遊山。やがて時が、彼をさらっていく。パーティーのメニューを決めるように、ああでもないこうでもないと、気に入りの死に方を浮かれ比べて、そうやって私と待つのでは嫌？　ヒデ、それもやはり拷問になる？

「人にばれない心中か」

ヒデは、もしもその心中の相手より大事な奴が出現したらどうする、と訊いた。

「死者より、目先の生きてる人間に目移りしてしまう。私は死後の世界を信じてない」

「で、次はそいつが死ぬとする」

「望まれれば、ついていく」

「お前なんかついてこなくていい、と断られる」

「心中中に逆戻り」

シンジューチュー。ヒデが復誦《ふくしよう》する。私は、現実逃避中、と言い換える。そうか、とことん逃げてばかりってのもいいよな。でしょ？　じゃあアムステルダムに行こう。行こう、って私とあなたが？　ヒデが頷く。

「とりあえず、逃亡」

「私は仕事があるのよ。でも、なんで私まで」

俺は病人なんだろ、とヒデは不満げに言った。介護人に同行を頼むより、ドクターの方がなにかと便利だしな。でもどうしても嫌だと言うなら、ひとりで行って来る。ほんの数日だ。

「絶対に戻る?」

「心配なら、ついて来て監視すりゃいい。人に会いに行くだけだよ」

向こうへ置いてきた妻に。ヒデは、ためらわず私の目を見た。


生まれるのは、当事者の自由に任されてはいない。気がついたら生まれている。望んでいた筈はない。なぜなら、それ以前には、存在自体がどこにもなかった。いない者が、なにかを望みようもない。

生まれてしまったことは、押しつけられた災難だろうか。それとも、またとない好機到来と喜ぶべきか。意義はどうあれ、物心ついてみれば、時空に放り出されてしまっていたのだ。せいぜい悪あがきするほかない。

私が母です、私が父です、と巨大な生き物が言う。

ひっくり返った状態でろくに動けもしない赤ん坊は、とりあえず食べ物をねだる。やがて、食べるため環境に順応する。それが、生まれながら発揮できる能力のすべてで、環境の質はといえば様々だ。そして好きに選べない。

命の始まりが不随意なように、命の終わりも、個人の意思では左右できないだろうか。このような環境に生まれたかった、と望むのは必ず遅すぎても、このように死にたい、と願うのは、これからでも充分間に合うのに。

余分の薬品類や書類を所定の場所へ返すため、クリニックに戻ると、早番の筈の坂本が、蛍光灯の無機的な光に照らされぽつんとひとり、残業をしていた。

今日に限って皆さん遅すぎますよ。ボールペンの尻で、デスクをコッコッと叩く。遅番を代わってあげた日に限って、急患があったり、誰も帰ってこなくなったり。

「そういう日だけ、強く記憶に残るから、因果関係があったように感じてしまうのよ」

「逆でしょう。ここは、そういう日ばかりなんです」

「わかってるじゃないの」

私は、薬品の在庫管理をするパソコンのキーを打ちつつ、急患の件は大丈夫なのかと訊いた。もう解決しました。坂本が立ち上がり、テレビのスイッチを入れる。寂しくて電話をした、というのが急性の症状でした。その患者さん、川田《かわだ》氏に会いたくて会いたくて我慢ならなかったそうです。ですから顔を見た途端に、症状改善。

「名医ね。川田氏は愛されてるんだ」

「いえ、雨が降ると、人恋しくなるらしいです。その男性、まず息子夫婦に電話して、忙しいから明日、と断られたそうで」

「でも雨、夜前に上がったでしょ？」

「つい今しがたまで降っていましたよ」

そういえば、駐車場のアスファルトは濡れて、水溜りまであった。晴れ男の周囲だけ、早目に止んだのだろうか。

「いいことでもありました？　真紀さん」

思い出し笑いは見逃せませんね。坂本は、私が返事に窮している隙に流しの前へ行き、桜湯でもいかがです、と訊く。そこの喫茶店のマスターから、娘さんの結納で取り寄せたものをお裾分けにいただきました。

湯呑みを受け取り、透ける花弁の一枚一枚に目を凝らした。ゆらゆらと、澄んだ湯の半ばへ浮き、水と馴染み、広がる。

「溺死体みたい」

「あ、言われてみれば、そうかもしれません」

母を想う。

水中に長い髪を揺らして、母も、湖水にいくらか溶けただろう。母を呑み込んだ湖を、私は訪れたことがない。その場所は、幼かった私を恐がらせるためだけに語られた風景に過ぎない。

「母は、湖に身を投げた。私は三歳だった」

もしかしたら、私は行ってみるべきだったかもしれない。

「里は秋で、でも山あいのそこは晩秋の、そろそろ冬が来てしまったとあきらめなくちゃならない頃だった」

「場所はどこです?」

「本当には、知らない。月山《がっさん》の山裾に広がる、細長い湖の、ずっと隅の方」

「月山、というと、山形ですか」

それは地名でしかなく、月山湖、は湖の名に過ぎない。

私は地図を指すこともできる。けれども行き方を知らない。母が、私達家族の暮らした家から、どのような行程をたどって、その故郷の湖に着いたものかは誰にもわからない。私は、寝物語としてしか知らない。

落ち葉が敷き積もる獣道は、明けがたの霜で湿り、踏みしめるほどにやわらかくやさしく、しかし見上げれば、落葉樹のやせた白い枝はほとんどの葉を落とし、壊れた網目のような隙から覗く空は、雪を予感させるほど低く翳っている。

水辺の草は立ち枯れ、水面に張った氷が、その茎までも、駆け上るようにして凍りつかせている。長く生きたトンボが、あざやかに赤いまま、その氷に閉じ込められている。

鳥の声と、どこかで木が裂ける音。中央の、氷結しない水面に細波《さざなみ》が立つ。

ブーツを脱いだ母は、コートを足許へ落とし、セーターを脱ぎ、スカートのファスナーを下げ、湖の縁へ歩み寄るごと、身を覆う邪魔な記号をはいでいく。軌跡が残る。やがて全裸の死体が、岸から離れた場所で浮き上がる。

「お母さんは、死ぬつもりだったのでしょうか」

「さあね。でも、遺書がある」

ああ、と坂本は小さく唸った。

「こういう話って、聞かされる方は迷惑なのかな」

「僕は、親しみというか、近い感覚が持てて、打ち明けてくれたことを嬉しく思っちゃいますね。話す相手を選ぶ話題ですから」

「ひたすら前向きな人は？」

「院長ですか」

話してないんですね。うん、と答え、私は肩から力を抜く。

そうですねえ、と思案するように言いかけて、坂本は、素早い動作で入り口の方を振り返る。あのエンジン音、院長です。でもみんな同じ車でしょ？　僕は、駐車場に入れる癖で全員を聴き分けます。

果たして長瀬は、ほぼ四日ぶりに私に元気かと声をかけ、大股でかたわらを通り過ぎると、手も洗わずに器具類の収められた抽斗をガチャガチャと探り、棚の上へ積まれた使い捨ての手袋の箱を引っつかむが早いか、無言のまま出て行く。

坂本が、まだまわりますか、と呼びかける。車のドアを閉める音に続いて、連絡事項は、と大声が返る。

「院長、僕が何時に帰れるか教えてください」

坂本の訴えで、長瀬は事務所へ駆け戻った。

「一件だけまわって……そうだな、一時間以上かかるか。ほかは？」

「急患に対応した川田氏が、もうそろそろ戻ります。残りは院長だけです」

「じゃあ川田が戻ったら、閉めて、帰っていいよ」

院長が、事務管理スタッフと話している。

じゃあふたりとも、ごくろうさん。ぶっきらぼうに言いあっさり背中を見せる婚約者を、私は、院長、と呼び止めた。

「相談があるの。五分で済むから」

長瀬が腕時計を覗き込む。

一〇分が限度かな。興味を惹かれたように目を見開き、こちらから視線をそらさずに回転椅子を引き寄せると、背もたれを跨いで座る。お願いがあります。珍しいな。ほほ笑む。

「五日間、休暇をください」

「いつだ？」

「あさってから」

具合でもわるいのか、と長瀬は訝《いぶか》るようにした。いいえ。しかしずい分と急な話だ。でも今日現在、私の患者さんで、数日中の急変が見込まれる人というのはないから。

「それで理由は？　話せることかな」

勿論お話しします。私は頷いた。倉橋克秀さんから、アムステルダムへの同行を頼まれました。私は主治医ではありませんが、休暇をいただいて、彼につき添いたいと考えています。

「発作が起きるまではしばらく猶予があります。でも頭痛と手足の麻痺は進行していて、道中、ひとりでは心配です」

危険だ。長瀬が呟く。なんで今更。彼が下を向くと、その隙を待っていたように、あのう、と私の背後から坂本が呼んだ。

「僕、はずしましょうか」

「いいえ、聞いていいの。私の友達でしょ」

椅子の背もたれの上で両腕を組み、そこへ体重を預ける姿勢で、長瀬はじっと考え込んでいる。

坂本が、誰も耳を貸していなかったテレビを消す。長瀬は微動だにしない。今頃になって、私は、ヒデと寝たことを思い出す。きれいさっぱり忘れていた。つき添いは、医師として？　乳房の間にヒデの頬を押しつけてから、まだ二四時間経っていない。

「でもなぜ、リスクを冒してまで向こうへ？」

顔を上げた長瀬に、私は、奥さんに会いたいそうよ、と正直に言った。おかしいな。長瀬が首をひねる。

「配偶者はなし、とホスピスの書類にあっただろ」

「正式な結婚はしていないから。いわゆる、パートナーでしょう」

「それでもついて行くか」

それでも、には、ヒデと私が過去にどんな関係であったか、長瀬がすでに知っているという意味が含まれるだろう。私は、それでも、と復誦した。

「私は、もう彼を恋人とは思えない。でも、愛情は失ってない」

人と人との間に通う愛情、という意味だけど。急いで付け足す。

をする。

立ち上がった長瀬は、相変わらずのTシャツに白衣というい で立ちで、大きく伸び
「わかった」

「その代わり、今年の盆暮れは働いてもらうぞ」

坂本も同罪な。受付カウンターに置かれているのど飴をひとつかみ、白衣のポケットへ突っ込むと、後ろ姿のまま片手をひらひらと振って見せ、夜の中へ飛び出していった。

「さて、説明してもらいましょうか」

巻き添えですよ、と坂本は口を尖らせた。

「思うに、佐竹医長が以前にこっそりいらした時も、その人の相談だったのではありませんか?」

私は、昨夜ベッドのまわりで起きたことは省き、ヒデとの過去、彼の置かれている状況、一ヶ月以内に起き上がれなくなるだろうことまでを、かいつまんで簡略に説明した。坂本は即座に、そんな女性が実在するかは怪しいと言った。

「だって真紀さん、こと終末期医療に関しては、オランダが世界最先端なんですよ。

どうしてわざわざ日本に戻って来たんです?」

「さあね。大切な女性だからこそ、迷惑をかけたくなかったのかも」

「黙って消えるのが、愛情ですか? 理由も知らせずに」

「そう思い直したから、会う気になったのかも。残された時間は少ないのだし」

「ではきっと、その女性は最後まで手放しませんよ」

坂本は、私を脅すような口調になった。

「くれてやるんですか?」

私は肯定の意味で目を閉じ、笑顔を作る。坂本は、ふうと疲れたようなため息をつくと、小久保さんを亡くしたばかりなのに、と言い澱んだ。

「それだけ年を取ったのよ」

「でもここに勤めてからです。自分の周囲がすごい勢いで変化していて、次々に人が走り去るように感じ始めたのは」

「いずれあなたや私も、誰かを置き去りにする」

「ちゃんと、戻ってきてくださいよ。ここに」

目が合うと、ごまかしは利かなくなった。

私がどんな愚行をしでかそうとしているか。ヒデが、私に望むものとはなにか。長瀬が、藤原の母が、私にとってどのような存在であるのか。

「私より先に死んでしまう人は、みんな、大嫌い」

床に向かい叫んだ。椅子にかけたまま前のめりで、両手で膝をつかんで、涙声で、とてもみっともないことはわかっている。

だいっきらい。涙はこらえたのに、それが鼻腔へ降りてくる。天井を振り仰ぐ。だいっきらいなのよ。語尾がしぼむ。

「私はきっと、死んでいった人達を憎んでる」

「置いてけぼりだからですか」

坂本が落ち着いた口調で訊ね、私の白衣の背中を強くさする。彼の言うとおりなので、私はただ黙って、泣かずにすますことのみに神経を集中する。たとえば、うん、と頷いただけで、もろく壊れそうに思える。

「コンチクショー、と泣いて罵倒して、見送ればいいんです」

棺桶を蹴ってみるのもいい。坂本は、あまり大きくない掌で、私の背中をぽんぽんと叩きつつ軽やかに話す。

「平気なふりしたって、なんの得にもならない。だって相手は、死んじゃってるんです。聞いてないし、見てない。死んでしまった人間ぐらい無責任なものはない。だから、まだ生きてる僕らは、なんで死んじまうんだよでもお疲れさん、ってね、遠慮なく悔しがりましょう」

でも今は駄目ですよ。坂本は、川田氏です、と耳打ちした。私は、背筋を伸ばし、深呼吸をする。坂本が隣のデスクへ座る。

「真紀さんのこういうところ、院長は知らないんでしょうね」

エンジン音が聞こえる。駐車場に車を入れているようだ。坂本はかまわず、話し続けている。あの人、鈍感ですから、と笑う。

「でもああいうブルドーザーみたいな人でないと、こんな現場、やってられない。一緒に地獄へ行こう、などと言い出すようでは、患者さんが困っちゃいますよ。僕が以前、十数針も縫う怪我をした時のことですが、こっちは真っ青になってるのに、診てくれたドクターの方は、ああ盛大にやりましたね、ぱっくり割れてますよほらほらこりゃあひどい、なんて笑いかけてきて、つられて笑っちゃいましたよ」

「なんだなんだ、只働きの好きな奴がふたりもいるぞ」

どかどかと巨大なトレッキングシューズの足音を響かせ、川田が入り口に姿を見せる。ふたつの重そうなナイロンバッグを両肩へぶら下げ、左手に食べかけのアンパン、右手にはお茶のボトルを持っている。

「おかえりなさい」

掌を高く上げ挨拶する坂本に、アンパンを口にくわえてから空いた手でハイタッチをし、奥で荷物を下ろす。

「それで真紀さん、さっきの話ですが」

坂本は、鼻歌まじりでチクチク縫い進んだドクターが、わざわざ看護師を呼びに立ち最高傑作だと自慢するに至っては、おろおろしていた自分がバカらしくなったのだと言った。院長は、そういうタイプのドクターです。

「おーい、院長の悪口なら俺にも参加させろ」

遠くから川田が呼び、続きは二次会で、と坂本が応じる。真紀さん、昼食抜きましたね。なんでいつも言い当てるの？　知りたいですか。

「燃料補給して帰りましょう。種明かしはそこで」

「そうね、乗った。川田氏、どうします？」

「わるい。愚息と愛娘《まなむすめ》、隣のウッシーに預けてきたんだ」

「前にも言ってた、牛島《うしじま》さんって独居男性?」

「そ。やったら元気な八〇年物で、そのせいか、九時にはゼンマイが戻っちまう。朝五時には大復活して、夜までまたフカシまくるんだけどな。世話になりっぱなしで、アタマ下がるよ」

未婚の父もつらいですね。戸締りを見まわる坂本が笑う。

川田は結婚の経験がなく、子育て中であるためにフレックス勤務をしている。毎日の就業時間は、担当する患者と調整し本人が決め、働いた分だけ事務に申告する。

川田は、未婚の父はやみくもに同情されるから楽なんだぞ、と自慢げに言った。ただし教育だけは、人任せにせず、かつて親から教わった哲学に基き、責任を持ってやっておりますよ。

「僕にも、その哲学とやらを教えてもらえますか」

「生きてる間にやることはみな暇つぶし」

「奥さんがいない分だけ、本当に僕より楽なのかもしれない」

それから私達は、戻ってくる長瀬のために明かりは点けたまま、出入り口に鍵をかけた職場を二方向に分かれあとにした。

VI

薔薇と自転車と、そぞろ歩き、あるいは、半裸で日光浴する老若男女であふれる細長い公園を、見渡す限り続く広い木陰の道が縦に走る。

その往来の両脇、血脈のように分かれる小径の合間には、生垣で囲った子供の遊び場や、迷路のような花壇や、大きく枝を広げる木々の、鬱蒼とした緑が綾を成し、立て込んだ街並みから人々を隔てている。

元々が干拓地であるこの都市の、間違いなく人の手による緑地には、芝を敷きつめたなだらかな傾斜を持つ広場も、陸地のそれと変わらぬ大木も、噴水だけが造形物であるかのように見事な、人工の池もある。

しかし、風が運ぶ花の香さえ、手つかずの自然から遠く、人の意思を経ている。それらは山野草のように発見されるのではなく、舞台装置として、自然を演出する。思いがけずあるのではなく、なくてはならない。スミレの一本すら、街を創ったかつての市民のものだ。

六月の薔薇の満開を、もてあまし気味に蜂が飛び交う。後ろ脚に黄色い花粉の重りをつけ、熱心にというよりは、浮ついて仕事になりませんという体で、花弁のしどけなくほころんだ花々をめぐる。落ち着きなく、覗いては次へ。ヒデが、マルハナバチはどんなだ、と訊く。

「ソドムとゴモラ？　こんないい日和にプルーストだなんて、どういう趣向？　あれは蘭だったでしょう、あの、臆面もなく剝き出しの」

薔薇の木にベンチ、薔薇の木の脇にベンチ、薔薇の木の裏にもベンチ、薔薇の木をうまく望む位置にもベンチ。それらはことごとく人で埋まっている。だが道のはた、大木の豊かな枝が影を伸ばす場所のものは、まったく人気がない。

ヒデと私は、迷路のようにうねうねと続く薔薇の花壇を背にし、向かい側にも壁のごとく並ぶ薔薇の木々と、その前にやはりずらりと並んだ、ベンチと人間とを眺めている。

「私は昆虫は詳しくない。ころんと丸い形の蜂でしょ？」

「こいつらも丸々としてる」

「この街の蜂って、人間と同じで入植してきたのよね」

「養蜂家が飼ってるんだろ。ミツバチはどこでもそうじゃないか」

「じゃあ地蜂はいる？　スズメバチなんて凶暴な奴、とてもいそうにないわよね。山も藪もないし」

よくわかんねえ。ヒデが軽く笑う。だらしないわね、七年も暮らしたくせに。自然観察なんてするかよ。あら、オランダ人女性ならよおく観察してお詳しいんでしょうね、さぞかし。

晴れた空が白っぽく見えるのは、気候のせいだろうか。たっぷりと日差しは降るのに、見上げる空は、なんとはなしに力を欠き弱々しい。透ける、薄い、水に張った氷の色で、見つめるほどに冷ややかで寂しい。

いい天気だ。ヒデが呟き、伸びをする。

「俺、時差ぼけで眠いんだけど、肩貸してくれるか」

「こっちだって、うとうとしただけなのよ、昨夜は。飛行機でも寝てないし」

私はとりあえず嫌な顔を作って見せ、それから渋々承諾する。支えなしにうたた寝など、今のヒデにできるわけもない。

寝息が聞こえるのを待って、力の抜けた上半身をしっかり抱え持った。まわした腕に、彼の手応えは軽い。ヒデは、食事にはすっかり興味をなくしている。

彼は水やコーヒーを飲むのにたっぷり時間をかける。少しずつ慎重に流し込むが、それでも、口元にしずくがこぼれる場合がある。口を動かす筋肉が、うまく使えなくなっている。言葉の発音が、明瞭でないこともある。

長いフライトの間、眠るヒデの口元を、時折気づかれぬようそっと拭った。起きていれば別な場所を緊張させ、補える。だが就寝中は、口元がわずかにゆるみ、どうしても唾液が垂れてしまう。

腫瘍は、顔面の神経細胞を圧迫し始めている。少し前までは十数個だった。今、小さいものを含めると幾つあるだろう。

右の手指は、ほぼ常に痺れている。右脚は、動かせるがしばしば震える。痙攣はまだ一度も起こしていないが、機上で軽い吐き気を訴えていた。薬は切らせない。

私達は、人を捜しにやってきた。

しかし到着から一夜明けた現在、午近い公園の、薔薇の合間にあるベンチで、地元住民にまぎれのんびり日なたぼっこをしている。

蜂の羽音に、ヒデが身じろぎをする。私は、彼を抱きとめた腕に力を込める。すう、とふたたび深い寝息が聞こえ出す。これが、もうすぐ止まる。幾度も見送ってきた。死ぬのは彼だけではない。私の知る限り、幸いにして誰もが、肉体から解放される。でも、それが、早すぎる。

彼の愛する女性は、この街のどこに暮らしているのだろう。

遠くを駆けて行く、ジョギング中のプラチナブロンドの女性かもしれない。ビキニ姿で寝そべり、熱心に読書をするあのブルネットの女性はどうだろう。もしかすると、インドネシアから移民してきた人々の子孫かもしれない。オランダ国籍の女性というだけで、容姿も、年齢も、住まいも、なにも聞かされていない。

訊ねれば、ヒデは答えるかもしれない。しかし、どうにもみっともないからと、私のちっぽけなプライドが拒む。四年近くもともに暮らしたと、彼は言っていた。私達が恋人であったのは、四年半に過ぎない。半年分しか、彼女に勝っていない。

ツインルームをひとつだけ予約していたと知ったのは、昨夜、ホテルにチェックインする時だった。

　ふたり分手配するから任せろ、と彼は言ったのだ。約束が違う、空室に移る、と息巻いた私を、彼は、目を離せば脱走するぞと脅した。

　しかし私がバスルームを使う間に、いくらでも彼は部屋を抜け出せたし、私の荷物を開けることすら可能だった。電話をかけることもだ。彼の上着の胸元には、今も、航空会社から借りた携帯電話の硬い感触がある。これで、どこへ電話するつもりだろう。それとも、もう誰かと連絡がついたろうか。

　彼が私のものだった頃には、そちらにばかり煙草をくわえていた側の唇の角が、唾液に濡れ光っている。

　拭おうとして指を伸ばすと、ヒデは深呼吸をして目覚めた。ふいに腕が、持ち上げられるように軽くなる。

　死体を担ぐのは難儀だと聞くけど、眠り込んだ場合も同じだろ。ヒデが自嘲気味に言う。私は睨んでやる。

「俺、よだれ垂らして熟睡してたのか。なさけない」

「子供みたい。よほど気持ちよかったのね」

「死にかけてるってのに、ゆるみきってる。もっと緊張感を持って生きてもいいだろ

うよ

「種をばらまくために、寸暇を惜しみ女の尻を追っかける」

私の瞳をまともにとらえてヒデは言い、嬉しそうに笑った。ちょうど前を通りかかったか老夫婦が、言葉などわからないものだから、楽しそうでなによりですねと言うよに、笑顔で軽く会釈してよこす。

ヒデ、ちっとも面白くないんだけど。彼らが過ぎるのを待って、感想を述べる。理由も教えてあげましょうか。あなたがそういうことを口にしても、全然下品にならないからよ。嘘ついてるだけだもの。

「主治医代理のご機嫌を損ねたところで、ちょうど昼メシだ」

「救われたわね」

私がバッグを手にしただけで、どこからともなくバスケットを提げた男性が現われ、行儀よく脇へ避け、ベンチが空くのを待つ。高く手を振る彼の、視線の先に、連れらしい男性の弾むように駆けて来る姿がある。

ゆっくりと立ち上がったヒデは、私が聞いたこともない言葉で彼に挨拶し、彼も、幾つかのセンテンスを返す。籐のバスケットから、ライ麦パンとビール瓶が覗いている。

「あの人になんて言ったの?」

ヒデは、不自由さを感じさせない、しっかりした足取りで芝を踏みしめ、秘密、とだけ応じる。公園の北端にある、古い素晴らしい外観のカフェが見えてくる。ゆるく曲げられた細い鉄と、ガラスでできている。

それで、あの人はなんて? それも秘密。きっと、ふたりは恋人よね? まあそこが鍵かな。

振り返ると、もう薔薇に隠れてふたりの姿は見えない。

赤ん坊のようにふわふわと、まばらに生えた金髪の、そっくりに頭頂部が露出し薔薇色に焼けた、やさしげな目尻のやせた男達だった。ベンチが空くのを待ってぶらつく人は多い。椅子取りゲームのように、前後左右に眼を配りつつ歩いている。ふたりはピクニックの席を確保し、これからなにを語らうのだろう。

「うらやましい」

「婚約中の人間が、なにかと苦労なゲイカップルを見て、うらやましいとため息つくか？」

ヒデは、カフェの開け放たれたドアの前でちょっとだけ間を持たせ、私を先に通す。そして、給仕の男性とオランダ語らしい言葉でやり取りしながら見晴らしのいいテーブルまで進むと、私の耳元へ口を寄せた。

「シェフのお勧めを注文しておいたから、真紀は、飲み物だけ彼に頼めばいい」

俺は行くけど、ゆっくり食事しろ。左手で、ポンと私の肩を叩く。

「ちょっと待って、ヒデ。行くってどこへ？」

「ホテルに戻る。本格的に眠い」

「疲れた？　じゃあ私も一緒に」

いったん座った椅子から腰を浮かせる私に、

「寝るだけだから、いい」

ヒデは珍しく、困ったような中途半端な笑顔を見せた。人が、こちらの事情を察してくれ、と訴える時に浮かべる表情だ。

「そう、わかった」

あのポケットの電話で、もう約束をとりつけていたのだろうか。私が知らない間に、転居先を突き止めたのかもしれない。きっと、こちらの女性を訪ねるのに、「医者」が邪魔なのだ。

気をつけて、と背中へかけた声に、ヒデは驚いたように振り向き、今度ははっきりと笑った。そして、言った。

「のんびり羽を伸ばすといい」

ナイフとフォークが一本ずつ、私の前へ並べられ、ヒデが座る筈だった席からナプキンが持ち去られる。「のんびり」とは、すぐには戻るなという意味だろうか。

土地のビールを運んできた先ほどの男性が、いい眺めでしょう、と英語で語りかけほほ笑む。ヒデがどのように言い置いたか知らないが、テーブルへ案内された時の握手のような仕草は、心づけを握らせるためだったに違いない。

うまく同じ方向へ走ることができれば、後ろ姿をとらえられるだろう。

今からでも遅くない。

池を望むテーブルから、散策する人々の中に見知った影を捜す。でも追うのは、ヒデの意思をないがしろにするルール違反ではないのか？

見苦しい。追いつかれたら、ヒデは喜ばない。

彼を失望させないために、私はやせ我慢をする。昔からこうだ。

体調を案じつつも、表面上は落ち着きはらい、連れがなくとも平気ですよという澄まし顔で食事を続ける。脳の腫れを引かせる副腎皮質ホルモン剤や、頭痛に効果のある酒石酸《しゅせきさん》エルゴタミンの錠剤は、ヒデのポケットにもある。服用さえ怠らなければ、急に危険な状態に陥る心配はない。

これでお別れだったら、と考える。絶対にあり得ないと、言い切るのは難しい。彼はさよならも言わず消える。そばにいても、姿を見失っている間も、彼は私になにも求めず、好きにしろと突き放している。でもその態度がどれほど残酷で、どれだけ私の心をきつく縛るか、きっと気づいていない。

ヒデが望まないから、私はなにひとつ与えることができない。からかい、批判し、まんまとだまし、笑いかけてくれる。けれども、手を伸べてはくれない。差し出されない手に、なにものも載せることはできない。渡せない想いを、私はいつまでも持ち歩く。

支払いは済んでいる、とギャルソンは言った。私は驚きを隠し、最高の笑顔で彼を欺く。これしきでうろたえては、ヒデに軽蔑される。

しかし薄暗い古風な内装の店から出ると、目を眩ませる昼の光が、私の足を止める。こう明るくては、暗闇と同じで、どちらへ進むべきか皆目見当がつかない。過剰と無とは、きっと地下で通じ合っている。

東へしばらく歩けば、コンセルトヘボウにたどり着く。

ホテルのフロントで貰った地図を広げる。アムステルダム港を背後に従えた中央駅を基点に、扇形に街が拓けている。道は、扇の骨のように放射状に延びる。そして運河は、広がる波紋のように、やはり駅を中心点にして幾重にも弧を描く。

ヒデは、湿った風の吹くこの北の地に、七年も暮らした。

オランダの国土は北海に面している。海を長い長い堤防で区切り、とうとう湖と称してしまう国であり、多くの人々が海抜下に暮らす。海より低い湿地を埋め立て、休むことなく風車で地下水を汲み上げる。そうして造った土地へ牧草を植え、牛を飼う。

無為に生きられる場所ではなかった。だから、個人の意思をことさらに重んじる気風が、育ったのだろうか。厳しい風土であるから、よく働く人々が音楽を貴んだのだろうか。風土と、社会のありようとの間には、深いつながりがある筈だ。

およそ四〇年も前から、安楽死が容認されてきた。世界で最初に「安楽死法」を可決したのも、この国の議会だ。ただし実行には厳格な条件を満たさねばならず、かかりつけの医師として専門教育を受けた「ホームドクター」と、それぞれの病気の専門医との、意見の一致が必須とされている。

しかしなによりも最初に、最優先にされるのは、患者本人の意思だ。病気に関する情報は、患者本人の求めに応じ確実に開示される。

ここでは、自分の肉体が置かれている状況を、つぶさに知ることができる。選び得る治療の選択肢やリスクも、医師に訊ねたなら隠さず教えてくれる。その先に進むべき道を決めるのは必ず、患者自身だ。勿論、なにも知らずにいたい、という求めにも、同じように応じてくれるだろう。

そして、医師との間に安楽死の約束を取り結んだ患者であっても、多くの人達は執行せず、自然に命を終える。恐ろしい苦痛が襲ってきても大丈夫、そう考えることで、平穏な心を取り戻せるのかもしれない。恐れが払拭されれば、生きようとする気力が増す。注射を嫌がる子供のように全身をこわばらせる必要もない。

やはりここは、ヒデの街なのだろうか。複雑な楽器を操り、特別なものを表現し得る人間が、自分の肉体の運命を自ら決定したいと考えるのは、自然な成り行きに思える。

　ヒデは、自分のバッハを弾き、自分の命を生きる。演奏家としての生命を絶たれた彼が早い死を望んだとしても、それを意気地なしと責める気にはなれない。でも、誰かが、彼を引き留めてくれたなら。私にできなくとも、この街でともに暮らした別の女性が、彼を生かすかもしれない。それでいい。

　あきれるほど幅の広い通りに出て、世界屈指と聞くコンサートホールを見上げる。白い円柱の並ぶ正面の眺めを、建造物として見事とは思うが、生憎《あいにく》と私は音楽を理解せず、このホールに憧れもない。ヒデの言葉を借りれば、「叙情の入り込む余地のない精神」を持つらしい。私は、ヒデのピアノだけが好きだった。

　音楽の響かない心で、ヒデが幾度も足を運んだだろうコンセルトヘボウのシンプルな外観を眺める。背景は空の、薄氷を透かしたような水色だ。雲はそのかけらもない。

　晴天は、少なくともこれまでの私にとっては吉兆だった。

　ヒデが完全に離れていない証拠に、こうして晴れている。そんな風に考えるのは、ヒデの言う高尚な「叙情」とは別のものだろうか。わからない。安い値のつく「感傷」と、彼なら笑うかもしれない。

時計の針は遅く、私はせわしなく街を歩いた。ひとつところに長居はできなかった。

私は巨大な美術館で小休止し、絵には目もくれずヒデの身を案じた。歴史地区の運河へ出れば、橋の上の眺望を楽しむ観光客と並び、やはりヒデを想った。不安に潰されないために、脚を動かし空間を移動する。強制的に、別の作業を脳に課す。

今、ヒデがどこでなにをしていようと、私はそれを止められない。最悪な気分の時でも、私は笑顔を作れる。泣いてはいけない場面では、絶対に泣かない。受け入れるしかないことは、それがこの身を壊すとしても引き受ける。

昼と変わらぬ明るさの夕刻を待ち、ホテルへ戻った。

まっすぐフロントへ赴き、伝言の有無を訊ねると、書類用の大きな封筒が差し出される。中には、クリニックから送信された一葉のファクスが収められている。ほかには？ それだけです、お客様。

連れがチェックアウトしたとは、彼女は言わなかった。低く、どこかからピアノの音が流れてくる。私は礼を言い、フロントを離れ音源を探す。広いホールを横切った先、庭に面しているラウンジの奥まった場所にグランドピアノが見える。だが人影はない。それに音はもっとずっと遠い。耳を澄ませばようやく浮かび上がるほどで、旋律の形すら判然としない。

広がり散らばる響きをさかのぼって、エレベーター・ホールを横目に過ぎ、照明の落とされた廊下を進んだ。突き当たりに、晩の営業を控えた休憩時間のレストランが見える。ピアノは、確かにそこから聴こえてくる。

バッハだ。とても、懐かしい、私が聴き分けることのできる、たった数曲しかない音楽のうちのひとつだ。

ゴールトベルクの、主題のアリアが、これ以上はないゆったりとした速度で奏でられている。三〇ある変奏の前に、まずこの主題があって、すべての変奏が終わった時、ふたたび回想される。聴こえているアリアが、果たして最初のものか、お終《しま》いのものかはわからない。

旋律はさびしく、ぴんと張りつめた弦の一本一本の振動を、大切に、際立たせることができる。それをこの奏者は、ひときわ遅いテンポの、禁欲的な響きで紡ぐ。個々の鍵盤が出す音は粒揃いにきっぱりと独立し、厳しく輝き、混じり合うことなく、しかし歌を失わない。

私はこれを知っている。

そっと足音を忍ばせ近づく入り口から、ピアノに向かう男の背中が見える。黒いシャツの、まっすぐに伸びた背筋は、かつて私が見つめた姿と少しも変わってはいない。

ヒデの弾くアリアは、私には完璧に思える。ピアノからやや離れて立ち、あるいは椅子にかけナプキンを畳みつつ耳を傾ける従業員達も、右手の不自由さを感じないだろう。けれども、きっと、思うようにならない指の違和感をごまかし、技術で補い、あの冷たく重い鍵盤をどうにか組み伏せている。

そうまでしても、やはり触れたくて、でも、私には言えなかったのだろう。

彼のアリアはフェルマータが存在しないかのように終わり、主題であり終曲でもあるそれが、始めから奏でられる。快活な第一変奏へは進まず、「回想」を重ねる。ヒデの指の、いや、腫瘍に冒された脳の、限界が、否応なくそうさせる。三〇種に及ぶ変奏曲の、複雑で密な音符の連なりに、彼の右手指はもうついてはいけない。

暗い廊下の壁面にもたれ、私は、歯を食いしばり嗚咽を殺した。そしてつい、感傷に負け、後頭部を壁のクロスに擦りながら、腰を抜かすようにしてずるずるとくずおれた。

派手な強弱や、揺らぎ、テンポの崩れのない音楽が、よく磨かれ曇りひとつない鏡のようにヒデの本質をくっきりと映し出す。それが、私の心を弱くさせる。なぜ、ヒデなのだろう。なぜ、私の脳ではなかったのだろう。よしんばヒデが短命であるとしても、どうして、まず最初にピアノを奪われねばならない？

こんな苦痛を、彼は、どうやって耐えたらいい？

生まれた瞬間に凍りつく音だ。潔く、透きとおり、触れる者に媚びない。それそのものでしかない、濁りのない響きが、私の前を通り過ぎていき、惜しげもなく消える。

「それそのもの」は失せ、しかし「その存在したあかし」は私の中に残る。音楽が持つそんな一面を、ヒデが、かつて私に教えた。

ゴールトベルクは、音楽をよく知らない私が好んだ曲だった。演奏をねだると、俺は特に好きじゃない、とまんざらでもなさそうにぼやいてから、すうと息を吸い背筋をまっすぐにし、気配を消したようになって、おもむろに始めたものだった。

彼のお気に入りは、パルティータの五番だった。あの、軽々と急ぐ明朗な旋律を、スプーンすら取り落とす手が奏でることはない。

私は両の掌で洗顔するように頬を拭うと、奥歯に力を入れ立ち上がった。鼻先は天井へ向け、早足で、私を弱くする音から遠ざかる。逃げ出すのではない。気づかれる前に、この場を立ち去るためだ。

レストランが客を迎える時分だった。部屋へ戻るなり、ファクスの紙をライティングデスクへ放り、慌ててバスルームへ閉じこもる。ヒデが来るまでに、残りの涙を排水口へ流してしまわなければ。

ぬるめのシャワーを強く出しっぱなしにして、髪を洗う。

眼が赤ければ、それはシャンプーの界面活性剤が沁みたせいだ。顔が上気していたなら、長風呂を理由にする。もし頬にしずくが光っても、洗い髪をつたう水と思って欲しい。

ドアの開く音がして、私は覚悟を決める。たとえ動揺が、この身体のどこかからヒデに伝わってしまうとして、それでも、嘘を貫こう。私は、繰り返されるゴールトベルクのアリアを聴いていない。準備中のレストランで、従業員に護られるようにして鍵盤へ向かうやせた東洋人の背中も、見てはいない。ヒデの姿が部屋にないのは、コーヒーでも飲みに出たためと思っていた。

頭をタオルでくるまずに、白く厚みのあるローブへ濡れ髪を垂らしバスルームを出た。冷えた水が、こめかみを伝いぽつんとカーペットへ落ちる。よく拭いた頬はすっかり乾いているのに、そうしなければ、先ほどの涙をごまかせない気がした。

「臨床医ってのはご苦労だな。旅先まで仕事が追いかけてくるのか」

ヒデは、ソファに身体を預け、私宛てのファクスを見ていた。顔も上げずに話し続ける。

「眼が覚めてから、散歩がてら近くのカフェに行ったんだ。喉が渇いてさ。ラウンジは満席だったし、レストランはといえば、ランチとディナーの合間だ」

「よく眠れた？」

「ああ、ぐっすり」

ヒデは、なぜ真紀は時差ぼけを感じない、と訊いた。あなたのお目付け役ですもの。答えると、ゆうべも眠れなかったくせに、とファクスへ視線を落としたまま言う。

「眠くなければ、別にいいじゃない」

「成田《なりた》を発ってからだから、丸二日だ」

「今夜あたり、ぐっすり眠れるということでしょ」

私は紙切れを奪い取った。私信よ、これ。ヒデは顔を伏せ、自分の靴を見つめている。

髪束を叩くようにして、含まれた水分を真っ白なバスタオルへ移しつつ、日本からのファクスに目を通す。私の患者を預かる川田が、診察と処置の内容を簡潔にまとめてくれている。

書面には、仕事に関することのほかに、坂本がしきりに心配している、とある。左の空いたスペースには、看護師の英子《ひでこ》と山崎が、川田氏とのコンビは早く解消したい、と連名でいたずら書きしている。長瀬の名はない。

「髪、乾かさなきゃ」

言いわけを呟き、ファクスをベッドへ放ると、

「食事は？」

ヒデが、両腕を胸で組み、睫毛を伏せたまま訊いた。

「レストランに……わざわざ行く気がしないの。お腹は空いてなくて」

バスルームのドアへ手をかける。

「俺も」

ヒデが、初めて顔を上げる。そんなに嬉しそうな瞳を向けられては、私は、困る。

「そうね、ルームサービスでスープでも頼もうかな」

たまらずうつむいて、額に落ちた髪を気にするふりでごまかすと、本当に、凍《こご》えたしずくが薄い毛束から胸元へ落ちた。氷のように、肌を刺す。

「それなら、俺が電話しておく」

適当でいいか、と急に元気づいて訊ねる彼へ、私はありがとうとだけ言って後ろ手にドアを閉めた。

水には、母が溶けている。

髪に染みたオランダの水を、ドライヤーですっかり乾かしてから、服を着て、もう一度駄目押しのように顔を洗う。ドアのベルが鳴り、ヒデと従業員の、ずい分と早口の楽しげなやり取りと、ワゴンのキャスターが転がるくぐもった音が聞こえてくる。それがやむのを待って、ヒデの前へ出る。

ワゴンには隣国ベルギーの鉱水があり、ヒデが、それを左手で自分のグラスへ注ぐ。地球上の物質が循環している限りは、どの土地の水であっても、かつて母に触れたことにしてかまわない。そう少女の頃から思ってきた。ボルネオの熱帯雨林へ降る雨も、ナミブ砂漠の朝の霧も、アムール川を流れる氷も、全部だ。

「さあ真紀、突っ立ってないで、こっちへ」

給仕がするように、ヒデが椅子を引く。どこかおどけている。

「ありがとう。なんか、くすぐったい」

私の耳は、まだ、あのアリアを聴いている。ヒデは、眠れない真紀にはこちら、と歌うようにして、カラフェの赤ワインを注いだ。

「それで、あれからどこへ行ったんだ?」

レストランへ舞い戻らずに済んだから、ほっとしているのだろう。グラスに口をつける私を笑顔で見守りつつ、ヒデは、公園で別れてからの行動を根掘り葉掘り聞き出そうとした。

「置き去りにしておいて、よくもそんなに楽しそうに質問できるわね」

噛みつく私にも動ぜず、フェルメールは観逃さなかったか、麻薬を売る通りで本物のジャンキーに出くわさなかったか、まさか運河をめぐる遊覧船なんぞに乗りはしないだろうけど、とわずかの沈黙も恐れるように重ね問う。私は、ヒデお勧めのえんどう豆のスープに、ごく薄くスライスされた黒パンを浸す。

「あなた、オランダ観光協会のエージェント?」

「ご機嫌斜めだな」

「だって、初めての街で放り出されたのよ、私」

ホテルに籠もりたかったのか。ヒデが訊く。こんないい天気だってのに。ええそうよ。物好きだな、なんでだ? なぜって、私、あなたの主治医代理だもの。

そら、それだ、とヒデは苦笑した。俺が予想したとおりだ。

「真紀と戻ったりしたら、壊れものみたいにベッドへ寝かされて、さて脈を拝見、とお医者さんごっこが始まっちまう」

「ごっこじゃないでしょ」

「俺には同じ。それに、ひとりでも平気だったろ?」

平気じゃなかった。でも、私はそれを、口には出せない。だからおそらく、私は、どんな女にも勝てない。

ヒデは、SPAのグラスに手を伸ばすと、注意深く口元へ傾けた。動作に集中しているのがわかる。私は見ないふりをする。

「それで真紀、ほかにはどこへ?」

「どこへ行ったか?」

ヒデが頷く。

私は、どこにも、と投げやりに答え、チーズの盛り合わせをテーブルの中央へ押しやる。そうか。そうよ。半日ではそんなものか。そんなものよ。

コンセルトヘボウを真っ先に目指したとは、とても言えなかった。

楽器ケースを携え通用口の方へ小走りに急ぐ楽団員らしき人影を、彼のかつての姿になぞらえ、しばらく眺めていたこともだ。だが私は、彼が、果たしてあのホールで演奏した経験があるのかすら、訊くことができずにいる。

「考えてみて。私が誘われたのって、つい四日前のことでしょ。バタバタとろくに準備もないまま来たのよ」

「俺も、まさか本当にアムステルダムまでついて来るとは思わなかった」

「今頃そんな風にとぼけるのね？　あなたの無責任は昔から。どうせ誘うなら、伊豆《いず》か箱根《はこね》あたりにして欲しかった。日帰りでね」

そういう要望は早目に言ってくれと笑い、ヒデが、ふたたびグラスに手をかける。油断したのか、不自由な右手だ。持ち手を握る直前で、動きが止まる。私は急いで身体をひねり、メニューを捜す素振りをする。ねえヒデ、あなた水ばかりではつまらないから、コーヒーを頼めば？

向き直った時、ヒデは左手にグラスを持ち、テーブルへ載せた右手をじっと見つめていた。そして毅然と顔を上げると、なにごともなかったように話し始め、ほほ笑み、香草をまぶした山羊《やぎ》のチーズと、黒オリーブを食べた。

しかしささやかな食事を終えてしまうと、ヒデは、いったんは手にした薬をテーブルに放り出し、ベッドへ仰向けに倒れ込んだ。

「この薬を飲まないと、俺はどうなる？」

グラスに水を満たし、私は、すぐにはどうにもならないかもね、と答えた。どのくらい大丈夫なのかは、正確にはわからないの。

「飲まずにいたら、苦しむかな」

「苦しみます」

苦しむかも、じゃなくて断言か。ヒデが呟く。私は、あくまでも飲まなければの話よ、と言い足した。

「一ヶ月もある」

「そうね」

「まだ伊豆にも、箱根にも行ける」

「うん」

「わかった」

ヒデは左の肘をつっかいにしてのろのろと身体を起こし、私が差し出した水で薬を飲み下すと、ふたたび気だるそうに寝転がった。

「薬漬けだ」

「あら奇遇ね、私と同じ。サプリメントを毎朝六種類、えいって流し込まなければ、白衣に袖が通せないの」

私はグラスをテーブルへ戻し、ベッドのはしに浅く腰かけた。ヒデが、視線を交わさないまま、まなじりだけでほほ笑む。もしかすると、もっとにっこりと笑ったつもりかもしれない。なぜなら口角が、一瞬だけ釣り上がった。

「惨めだよな」

私は相槌を打たなかった。ヒデは天井を見つめ、ひとごとのように話す。

「すぐ隣のベッドで、恋人だった女が眠れずに寝返りを打ってる。それでも、昨夜はシーツをめくる気力すらなかった」

長い指が、私の手首をつかむ。左手で、胸が痛むほど力強い。

彼はまだ、私をとらえる力まで失ってはいない。肉体を拘束するのが、必ずしも物理的な作用とは限らない。摩擦は、心にも生じる。

「あなたは長旅で疲れ、私を捨てたくなった」

「違う。捨てたんじゃなくて、失踪してみただけだ」

「失踪してみた……か。上等じゃない」

「なかなか上等だろ」

でも真紀、と続けて呼びかけ、そのままヒデは黙り込んだ。

「でも、なに?」

私が問うと、ヒデは照れたような瞬きをした。いっそう強く、私の手首を締めつける。血管が圧迫され、指先が痺れた。

どうしたの? 訊ねても返事はない。

「そんなにしたら痛い」

逃れようと腰を浮かせた瞬間、ヒデは、恐ろしい力で私の腕を引いた。私は、寝ている彼の胸へかぶさるように倒れ込む。

「ごめん」

ヒデの不自由な右腕が、うつ伏せに倒れた私の背中へまわされる。腕一本分の重みだけで縛《いまし》める。ようやく左手が、感覚の失われた私の手首を解放する。

じっとしていろとは口にせず、ヒデは、重苦しく深い呼吸を続ける。このままじっとしていろ、動くな。たとえそう命令されていたとしても、右腕を払い除けるのは容《た》易《やす》い。私が自ら望まなければ、束縛はできない。逃げずにいるのは私の意志であり、「動くな」とは言わないずるいヒデは、私を抱きとめたまま、責任から逃れる。

私の頬は、上下する胸に触れ、耳が、心臓の音を聞く。呼吸と、拍動と、ぬくもりと、心細い沈黙とで、ヒデは、私のなけなしの理性を台無しにする。

離れていた七年の間、その生死にはかかわりなく、彼は失われた存在だった。不在であるという状態は、別離の不安や苦痛からも遠く、憂鬱に、穏やかに、安定している。思い出だけなら、私に深手を負わせることまではできない。だがこうして触れている実体は、私を変える力を持つ。

もし頬を濡らしているのなら、この両手で包みたい。激しい渇きのように切望する。でもどうして今、顔を上げられよう。強がりを、けっして挫いてはならない。少しだけ泣いたら、また元のやせ我慢に戻る。それまでは、私も、瞳を閉ざし、手を休め、無益な言葉は忘れる。

抱き締めてはいけない。彼を甘やかしては。私は全身の力を抜き、呼吸を合わせる。私の乳房は彼の下腹にあって、やわらかく、熱く、同化したように馴染んでいる。

こんなに近く、ぴったりと身体を重ねてさえ、ヒデが考えていること、あるいは想う人を、私が知ることはない。彼もまた、私のこの気持ちを知らない。行き違い、とらえ損ね、指先から意思を伝えることもない。だから彼は、安心して私を胸に抱き、別の女を想うことさえできる。

滅んでしまえばいい。このまま、終わりにすればいい。

私のような者を心待ちにしてくれる患者も、その家族も、坂本も、藤原の母すらも捨て、光の届かない場所でふたり、薄蒼く透ける静脈へ針を突き刺し、透明な液体を注ぎ合う。

たった一〇〇ミリグラムずつの水が、暗がりから私達を救い出す。わるい血管の、感傷と不心得が澱む血に、速やかに浸みる。そしてあらゆる苦痛から、ふたり同じ速度で遠ざかるだろう。

誰にも追いつけない速さと、なにごとにも邪魔されない確実さで、彼を殺してあげることができる。でも医術は、私ひとりを消す手段の筈だった。同時にその技術と知識は、私以外のすべての命のためにあった。そしてヒデは、私以外の存在だ。彼は私じゃない。

私ではなく、彼が生きるべきだ。それなのに、私には丈夫な肉体があり、彼はもう間もなく死ぬ。なにをどこで間違えたのだろう。

泣いたつもりもなく、一粒だけ涙がこぼれ、目尻からこめかみを伝い、ヒデの黒いシャツに染みた。布の吸ったわずか一滴の水を、彼の胸に悟られぬよう祈った。けれども心なしか、背中に載っただけの右腕が、重みを増したようにも感じる。

「捨てられるぞ」

頭の上の方で低い声が警告する。

「心を入れ替えないと、今度こそ、あのヤブ医者に捨てられる」

ヒデが腕をどける。それを合図に、私は身体を起こす。唐突に、また、休憩中のレストランでピアノへ向かっていたまっすぐな後ろ姿を思い出す。

「そろそろやすみましょう」

「そうする。明日、行くところもあるし」

ところで風呂、使っていいか？　背中を向けるヒデに、私は、明日はどこへと呼びかける。ヒデは、せっかくこの街へ来たんだから、と上半身だけひねってこちらを振り返った。胸元へ、左手の拳を当てている。

「コンセルトヘボウをまだ観てないなら、案内してやらなくちゃな」

私は嘘と、シャツに吸い取られたひとしずくの水とを想った。

真実を護るために嘘もつく。わかっていた筈だ。

目覚めるとヒデの姿はなく、私の鞄の口は開いていた。かすかなぬくもりすら残されていないシーツに、薬品や書類が露店のように並べられている。リンデロンやクリアミンなど、ヒデが常用する経口薬だけ、そっくり持ち去られたらしい。

液剤を携帯するためのプラスティックケースは、鞄の底に残されていた。小刻みに震える呼吸を抑えつけるようにして、ゆっくりと、灰色の蓋を開ける。

薬瓶は、無事だった。一〇〇ミリリットルの容器が二本、透明な水に気泡を揺らし、固定されてある。キャップを封緘《ふうかん》しておいたテープに、はがされた形跡はない。冷ややかでなめらかなステンレス製の注射器ケースも、同様に残されていた。

筆箱を大きくしたような、角のゆるやかに丸く古めかしいそれは、養父が生前に愛用していたうちのひとつだ。金具の突起を押すと、カチリと小気味よい音を立て、懐中時計のように蓋が跳ねて開く。

中には、大きさの異なる四本のガラス製シリンジと、注射針が並んでいる。ケースと一体化している小さな蓋つきの壺には、アルコールを含ませたカット綿が詰まっている。一見して、欠けているものはない。しかし消毒用のカット綿は、ステンレスの蓋に挟まれほんのわずかはみ出している。

ヒデは、これを開けてみたのだろう。ふたつの水薬の容器には触れず、どこから見ても時代がかった、鈍い銀色の、細かな傷がまんべんなくついたケースを手に取り中を覗いた。最近は、プラスティック製で使い捨ての注射器が多い。彼は、これが藤原の父の遺品であることに気づいただろう。

しかしこんなに細く、容量の少ない注射器だけでは足りない。私は、五〇ミリのシリンジと針をふたつ、別の場所へ隠していた。それらは、洗面台の上、化粧道具類の収められたポーチに忍ばせてある。

裸足のままバスルームへ行き、動かされた形跡のあるポーチを手に取る。ヒデは知らなかったのだろう。私には、ファスナーの取っ手を右側にして置く癖がある。だが注射器は、なくならずにふたつともあった。

この部屋に、ヒデの持ち物はひとつもなかった。すべては持ち去られた。顔を上げ、洗面台の鏡の中にスリップ一枚の女を見つける。こうして部屋へ置き去りにされたのだから、やはり、私は彼のものではなかったのだろう。

二本の薬瓶と注射器も、結局は必要とされなかった。

ヒデが有用と認めたのは、こちらの医師が作成したカルテと、一ヶ月以内に効力を失う薬だった。そして彼は、別れの言葉を記したメモの一枚すらも、私に与えない。

朝は雨雲と静けさに満ち、私は、彼が戻らないことを知っていた。

銀色の空を見上げると、翼の長い水鳥の、細く黒い影が横切っていく。まばらに、同じ方角を目指して飛ぶ。

私は熱いコーヒーを両手で挟み、冷たい指先をあたためた。広い緑地帯に椅子とテーブルを出し、縦縞模様のひさしを伸ばしたワゴン車を厨房代わりにする即席のカフェから、通りの向こう側を見はるかす。コンセルトヘボウのファサードは印象的な白で、並んだ六本の円柱に、浮き彫りのある三角ペディメントが載っている。

憧れと、誇りと、失意の、それぞれの眼差しで、ヒデは幾度、この威容を見上げたことだろう。今日ここに、彼が姿を現わすことはないとわかっている。私は、彼を捜しに来たのではない。彼の不在に、ふたたび慣れるために来た。

湿った風に、霧を吹いたような微細な雨粒が混じり出す。鳥達は、雨の気配でねぐらへ戻ったのだろうか。私は、屋台形式のカフェが点在する一帯をあとにして、ヒデに言われて旅支度に加えた、薄手のレインコートを羽織った。

こちらへ到着し荷解きをしていた夜、クローゼットにこのコートを吊るすと、ヒデは、はぐれてもすぐに捜し出せる、と笑った。彩度の落ちた街を、軽やかな赤のコートで彷徨する。だがすれ違う誰ひとりとして、私を捜してなどいない。

小さく折り畳んだ地図に、印がある。

ヒデが持ち去った英語のカルテには、旧市街西地区の住所が記されていて、私はそれを、出発前に手帳へ書き写していた。そこへ赴く理由はない、と醒めた意識が口を挟んでも、書かずにいられなかった。

ヒデがかつて暮らした場所だ。引きはらって日本へ帰国したのだから、今は、見知らぬ人の住まいに変わっている。でも、せめて、彼が歩いただろう界隈をこの眼に収め、風の感触や、匂いや、音を感じ取り、記憶して帰りたい。明日の午後には、私は成田行きの飛行機に乗る。

暗い茶のレンガと、白い窓枠と、カーテンのない細長い窓、鋼鉄と石の橋、その鉄の手すりにつながれた自転車。飛沫《しぶき》のような小雨で傘を差す人はなく、ただ、季節は冬かと戸惑うほどの寒さから、皆が足早にうつむいて急ぐ。

たどり着いた住所にあったのは、ささやかな中古楽器店だった。

スーパーと呼ぶにはやや規模の小さい食料品店と、日本でも以前はよく目にした、所狭しと商品をぶら下げた金物屋に、左右を挟まれている。ツーブロックしかない商店街のちょうど中ほどで、間口の狭い建物の一階にはCDの陳列棚が並び、見上げる二階の窓には、アルトサックスとキーボードが飾ってある。

まんまと騙された。ここは、アパートじゃない。

楽器は階段の上、と数ヶ国語で記された張り紙のある店内へ足を踏み入れ、無駄と知りつつ、ダンボール箱を肩へかつぎ愛想もなく通り過ぎた店員に声をかける。

ミスター・クラハシを捜している、と言うと、スタッズだらけのライダースを着た、いかにもアルバイトといった風体の若者は、ボスに訊いたらいい、と奥の方を指し示し、長いウォレット・チェーンを揺らしながら階段を上り消えた。

一階の奥は楽譜売り場で、その一角、レジのカウンターに、大柄な壮年男性の姿が見える。店内にはのっぺりしたヒーリング・ミュージックが流れているが、彼は、背後のミニコンポへヘッドホンをつなぎ、腕組みをしてそちらに聴き入っている様子だ。

ヒデはおそらく、この店とは縁もゆかりもない。万が一にも自分の消息をたどられぬよう、仕組んだに違いない。

いかにも北ヨーロッパの人間らしい体格の、赤ら顔の店主に歩み寄る。彼が、私に気づき、ヘッドホンを外す。ダブルベースのジャズが聴こえる。私は、先ほどと同じ質問を口にする。

カツヒデ・クラハシ。

店主は、確かにそう言った。トーキョから来たのか、と英語で続ける。クラハシなら、こっちだ。狭い棚二段分しかないクラシック音楽のCDから、一枚を抜き取る。オランダでのデビュー・アルバムだよ、と手渡されたそれには、見間違いようのない、背筋をぴんと直立させた演奏姿勢のモノクロ写真が使われている。まだこれ一枚しか出ていない、と店主が、首を軽く左右へ振る。あなたはクラハシと同じ日本人のようだが、演奏会へ行ったことがありますか?

私は、ある、とだけ答える。去年の、あの演奏会? いいえ、私がアムステルダムに来たのは二日前です。

急に表情を曇らせる楽器店主に、ヒデの知り合いですかと訊ねた。彼の返事は、きっぱりとしたノーだった。しかし彼は、その否定の言葉に続けて、カツヒデ・クラハシが去年暮れに出演したクリスマス・コンサートの話をしてあげよう、と私に椅子を勧めた。

天気雨のようなまばらな雨粒が、午後の、白く明るい雲から時折ばらまかれる。曇り空であるのに光は失われず、雨を降らせても傘が要り用なほどではない。

私は人々が集う広場を迂回し、細い路地を流れてくる楽器の音も避け、運河に沿い歩みを進めながら、橋を見つけては反対の岸に渡ることを繰り返した。気がつけばバッグに触れ、あの店で買い求めたCDの、角張ったケースの感触を確かめている。収められているのは、バッハの六曲のパルティータだ。

ヒデが、どこへ行こうとしているにせよ、なにをするにせよ、私は、ただ彼を逃すためだけに、この街までつき添って来たような気がする。彼に指図する気は、もとよりなかった。ヒデは、どんなことにせよ、他人に決められるのが苦痛だ。

もしかしたらヒデは、身体が動くうちに旅がしたいだけかもしれない。うるさいお目付け役から逃れ、こちらの友人達と楽しい時間を過ごしたら、なに食わぬ顔で、ひょっこり帰国することだって考えられる。けれども、彼の言う女性が本当に存在するなら、そしてオランダ人である彼女がまだ彼を愛しているのであれば、睡眠薬と筋弛緩剤を使用する、正当な安楽死を選択することもないとは言い切れない。生まれながらの身体的、あるいは精神的な困難を受け入れ、生きている人間は少なくない。弱者が排除される社会であってはならない。だから病を得ても、自然に死が訪れるまで生き続けるべきだと、ある者は言う。

そして別の者は、投薬や手術など、医療行為そのものが自然の営みから外れていて、すでに人の手は命を操作しているではないかと主張する。痛みや苦しみを除く手段の延長線上に、自然死ではない安楽死があると考える。

一方で、延命技術の進歩が、かつてはなかった苦しみを与えてしまうという側面も、無視はできない。

どのように行動するかは、自ら決める。仕事やライフスタイル、誰を愛し、どこへ住み、子供は持つのか持たないのか、それらを選び取りながら日々を過ごす。どの新聞を読むか、レストランでなにを注文するかまで、選択権は個人にある。なんとしても長く生きたい、あるいは生活の質にこだわりたい、それらも、個人の価値観を重んじる選択のひとつだろう。

ゆったりとした流れの水面に、ぽつぽつと波紋が広がっていき、数を増やし、やがて互いに打ち消し合うようになる。急に勢いを増した雨が、人々を走らせる。骨董店の軒に雨宿りする幾人かが、橋の、細い鉄製の手すりから身を乗り出している赤いコートの東洋人を、怪訝そうに指差し話している。

大丈夫? 女性のひとりが、英語で呼びかける。私は、軽く手を上げ振ってみせ、ようやく短い橋を渡りきる。

身投げなどしない。こんなに遠い街まで、ひとりきりで死ぬためにやって来たのではない。帰りの航空券も持っている。明日の夕方には飛び発つ。ヒデとふたり、並びの往復チケットを買った。

中古楽器店の店主は、私を椅子にかけさせると、カツヒデ・クラハシは演奏を途中で投げ出してステージから立ち去ったのだよ、とゆっくりした口調で語ったのだった。思い上がりからミステリアスな伝説を作ろうとした、と馬鹿にする声があったし、気弱で聴衆のプレッシャーに耐えられなかった、と言い出す者もいた。場内は、騒然として、大変なことになった。

自分はたまたま券を貰って足を運んだだけだが、と彼は赤らんだ鼻の頭を掻き、コーヒーを一口、間を持たせるようにゆっくりと口へ含んでからこう続けた。

だがね、パルティータの五番でプログラムが始まった瞬間、彼のピアノが、ほかの誰とも違うとわかった。あの音は、そうだな、凍えている。変な表現かもしれないが、温度を持たない、とでも言うのか……。残念ながら前奏曲の半ばで、止まってしまったけれどね。

ミスしたのですか、と私は訊ねた。発病と、時期がぴったり合っていた。

身体があたたまるからコーヒーを飲みなさい、とまずは言って、ほとんど毛髪のない店主は、そうは感じなかった、と自信たっぷりに答えた。ただ、手を、見ていたよ、ピアノの前に座ったまま。きっと、コンディションがよくなかったのだろうね。なにも言わず舞台から消えると、二度と、戻らなかった。

残念だ、実に残念だった、と彼は繰り返した。もっと聴きたかったよ。長く触れていたい心地よさを、あの厳しい音はなぜか同時に持っている。

その後ヒデは病院を訪れることになったのだと、私は、親切な店主に教えなかった。ヒデは、腫瘍の存在を公表していないし、これからもそのつもりはない。ホスピスに提出された書類に、記してある。

私は、偶然に迷い込んだ旅行者として、一杯のコーヒーの礼を言いCDを買うと、よくできた笑顔で店を立ち去った。ドアまで送ってくれた店主は、私達のピアニストがふたたびステージへ帰ってくる日を待とう、と私に握手を求めた。

雨はすぐに、小雨と呼ぼうにも弱々しい、霧のようなはっきりしない降りに戻った。空は、少しだけ濁りを増したように見える。こんな雨があるからと、「私達のピアニスト」は、日本を発つ前の晩遅くにわざわざ電話をくれた。

真紀、傘よりもコートを持っていくといい。風邪でもひかれたら、俺が責められる。私は、本当はもっと別の、とんでもないものを鞄へ詰めてくれるよう頼みたかったのではと、問い質《ただ》すことができなかった。

狭い運河を跨ぐ、車輌の入れない小さなアーチ型の橋の上で私は立ち止まる。そして、黒い鉄の欄干《らんかん》へ両手を添え、ゆっくりと動く流れを覗き込む。赤い影が朧《おぼろ》に映っている。

赤いランドセルの早紀ちゃんが、延長保育の私を幼稚園へ迎えに来て、どんぐりころころを歌いながらの帰り道に、手をつなぎ渡った川があった。彼女は、妹の私が小学校へ上がる頃には、川面にゆらゆらと映る人影を見つめ、お母さんのとこに行ったら楽かなあ、と誰に訊ねるでもなく呟くようになった。幼かった私は、意味もわからず、ただ怯えた。なにも、なにひとつ、姉のためにしてあげられなかった。

時々は、記憶をあざむく。

まるで、母の腕に抱かれ、母とひとつになったように、姉もまた、水底へ沈み、水に溶け、水に還ってしまったのだと、考えてみる。でも早紀ちゃんは、本当に死にたがっていたのではない。楽に、なりたかった。とても疲れて、苦しくて、哀しくて。

地に着かない足の下を、水が流れる。

死ぬために、必ずしもモルヒネは必要ない。母は、その身を深みへ沈めただけだ。ただの水があればいい。

はるばる日本から携えた、薬液の容器をふたつ、バッグから取り出しキャップを外した。そして二本とも左手に揃えて持ち、一息に、空の色を映す錆び色の流れへ注ぐ。

生理食塩水が、運河の水に合流する。点滴のパックから移した、人の体液に馴染む少量の水に、いかなる薬品も溶かれてはいない。

ヒデは、見破っていただろうか。でもとにかく、こんなつまらない手立てしか、私には許されなかった。

クリニックから盗んだ薬で、人を殺めるわけにはいかない。モルヒネは、耐えがたい苦痛を取り去り、患者を楽に生かすためにある。だが、もし、生きてあることそれ自体が苦しみであるなら、医師は、どのようにしてその患者の力になればいいのだろう。

晴れ間はどこにもなく、初夏だというのに空気が凍えている。私はあたためた赤ワインでひとやすみし、今度は目的もなく、不案内な北の街を歩きまわる。

地図を見ても、あてはない。行くべき場所、会うべき人もない。大切なピアノをあんな形で失わねばならなかったヒデは、結局、私にはなにも望まずに消えた。

とても細かな霧雨にコートの襟を立て、苔むした修道院や、曇天へ伸びるゴシック様式の未完成の教会へ迷い込み、心の中でヒデに語りかける。他愛のない言葉だ。きれい。静かね。ちょっと寒くない？　私は気が済むまで肉体を疲れさせ、ホテルへ戻った。

待っていたのは、日本からのファクス一枚のみだった。川田と坂本が、診療の報告と、トラブルはないので心配無用だと書いている。長瀬からは、相変わらず伝言すらない。

はるか東から強く呼ぶ紙切れを、皺ひとつない真っ白なリネンへ放る。誰もいない部屋のベッドはふたつとも、新しいシーツでベッドメイキングを終えている。まるで、完全犯罪が行われたようだ。

愚かな希《のぞ》みを断ち切れず、ドアや電話のベルを聞き逃さぬよう耳をすませてシャワーを使い、並んだベッドの片方へ潜り込む。そして不覚にも、嘘のようにすぐに眠りに落ち、幾つもの不条理な夢にうなされ、翌日の午近くになって目覚めた時、やはり残りのベッドは張り詰めて平らなまま、羽根一本の重さほどにも沈んだ様子はなかった。


雨が止まない。

スキポール空港へ赴き、搭乗手続きを済ませてから、否応なく人を遠くへ運び去る乗り物が、灰色に煙る滑走路を疾駆するさまを眺める。私は、ヒデの後ろ姿を見送るしかない。彼が出て行くことを望む以上、ドアを閉ざし阻むことなどできない。

ピアノだけで充分だったのだろう。ゲートへ向かう通路を、私は、動く歩道を使わずまっすぐ前を見つめて歩く。ピアノが弾けないというたったひとつの事実が、死を考える理由になった。誰にでも、当事者にしかわからない苦しみがある。

やがて押さえ込むことが困難になる頭痛と、これから続発するとわかっている肉体の麻痺と精神的苦痛、それらに耐える根拠を、他人が与えるのは難しい。最後の演奏会は、腫瘍のせいで失敗に終わった。もしピアノを奪う病気でなければ、鍵盤の上へ伏すまで生きたいと言うだろう。

成田便の搭乗口付近に、東洋系の顔ぶれが集まっている。私は集団から離れた椅子にかける。ヒデを捜すのは無駄だ。彼らを見ないように、意地になって、がらんどうの別の待合を睨む。

空港職員の操る電動カートが、点滴をつけた若い男性と畳んだ車椅子を乗せ、私の前を通りかかる。北欧系だろう男性は、どうだ格好いいだろう、というような仕草で、私の気を惹こうとする。これは速くて楽だよ、と言ったようだ。

私は、あなたに賛成、という意味で軽く手を振る。運転席の、恰幅のいいインド系の男性までが、白い歯を覗かせ、一緒になって手を振り返している。生きられるだけ生きるのが、やはり正しいのかもしれない。明るく笑う眼窩の落ち込んだ青年は、私の目には癌性相貌に見える。

ヒデの命にも、短いけれど時間は残されている。彼と同じ病を得ても、せいいっぱいその日々をまっとうする者がいる。理由を持っていれば、忍耐の意義は変わるだろう。とにかく生きたい、そう思えるなら。

指は震えても、身のまわりの始末はできる。ゆっくりだが歩ける。まだ目も見える。聴力も今のところ無事だ。しだいに口元が歪みつつあるけれど、とりあえず話せる。箸はもうまずいがスプーンですくえばいい。固形物を飲み込むのは難儀だが、少しずつ水と一緒に流し込む。でもやがては、様々な機能が損なわれていく。どれからかはわからない。

寝たきりでも心は自由だ。排泄を人の手に委ねてなにが悪い？　見えなくても、聴こえなくても、喋れなくても、たとえ脳の機能が衰え、痴呆症状を呈するようになったって、意識すらなくしていても、それも、健康な頃と変わらぬ自分の、ひとつのあり方だ。障害？　病気？　なにがあろうと、胸を張っていい。生きていたいと望む意思は尊い。でも私のこんな言い分を、ヒデが知らぬわけがない。

ヒデが、どこへ、なにをしに行くのかはわからない。戻るべき腕に戻っただけかもしれない。そうであれば、一番いい。

自分の力で行動できるうちに私を捜し、七年前へ時をつなぐと、ヒデは私の脳に少しだけ記憶を足して、ふたたび去った。悪性の腫瘍を持ち、けれども死の床にはほんのわずか遠い、病み衰える寸前の姿が、私の肉体が生きて滅びずある限りは活き活きと保たれる。

もう逢えないなら、私の知るヒデは消えない。時も彼を変えられない。身勝手なのか、やさしいのか、残酷なのか、わからない。もし私が、長瀬に管理責任のあるクリニックからモルヒネを盗み出し、ここにふたり分ある、と突きつけたなら、ヒデはどうしただろう。

駐機していた飛行機がゆっくり動き始めても、私の隣席に座る人はなかった。ヒデのいない小さな空間が、一万メートルの高みへ浮き上がり、東へ時を追いかける。あらがいようもなく、私を連れて行く。日本へ到着して四時間後には、午後の診療に出かけねばならない。川田や英子や山崎に、これ以上負担をかけるわけにいかない。

必ず帰ってください、と坂本は言った。長瀬に、休暇が欲しいと申し出た夜のことだ。約束の日に、必ず帰ってください。僕ら、友達でしょう?

長瀬とは、あの夜から言葉を交わしていない。私は連絡を取りたがったのに、彼が避けた。

小久保に死なれた時も、長瀬とは連絡が取れなかった。だが彼は、小久保と私が古い知人であるということしか聞かされていない。私は、坂本には過去を打ち明けるのに、婚約者である彼には話せない。重要なことはなにも知らされていない彼に、なぐさめを求めるのは間違っている。

知っているのは、ヒデだ。私達は、たくさんのものを分かち合った。でも長瀬には、結婚の約束はしても、私の心にあるものをなにひとつ預けていない。

それでも不満を言うのか？　こんなひどい侮辱があるだろうか。私は長瀬に正体を明かさず、それでいて、真実を探り当てられない彼に苛立っている。

生まれくる命を浮かせ護り育む水、そして死者を送る水、また、母が還ろうとした水。ヒデの暮らす街を流れる水路と、姉が見つめたちっぽけな住宅街の川。湧き水が山を下り、流れは集まって海へ注ぎ、大気中に蒸発し雲を作り雨となって大地へ染み込む。そうして循環する。生き物も、その途中にあって、水は、私の身体を通り過ぎて行く。次々と、あらたに、そして懐かしく。

母が選んだ場所へ行こう。私は避けていた。母を感じていたいために、また、姉の死から遠ざかっていく現実の速度を認めないために、逃げていた。ブナの林が色づく時期に、長瀬を誘えばいい。湖へ行ったなら、話すべきことを話そう。

灯りが消された機内では、ほとんど観る人もない二本目の映画が上映されていた。アムステルダムは夜中だろう。読書灯の光もまばらだ。私はといえば、映画は観ず、音楽も聴かず、灯りは消したままなのに眠りもしない。

乗務員が、起きている乗客を見つけては、飲み物をお持ちしましょうかと訊いてまわる。私はコーヒーを頼む。通路を挟んだ席のスーツ姿の男性が、僕も、と言ってちらと私に笑顔をくれる。ノートパソコンの液晶から放出される光が、その顔を薄蒼く染めている。私も、大勢からはぐれた者同士の親密さで、ほほ笑みを返す。

コーヒーが運ばれると、男性は薄型のパソコンを閉じ、腕の時計を覗き込んだ。手元のモニタに刻々と変わる飛行データのチャンネルを表示させ、明りがよく当たる位置で竜頭《りゅうず》を操作する。

針を七時間も進めなければ、日本時間に追いつかない。読書灯を点け、彼を真似て時計の針をまわす。文字盤の四角い窓に、新しい日付が落とし込まれるのを待ち受ける。そして気づく。今この手が過去へ押しやろうとしている数字は、私が生まれた日の翌日の日付だ。

昨日の朝、私は三二の誕生日を迎えたことに気づかず、ヒデのいないベッドに置き去られた薬瓶や注射器を手に取り、やはり彼には用のなかった女の姿を鏡の中に見ていた。

意識が、抑圧していたのだろう。私は、少女時代からずっと、一般的な家庭に育った女性ならこだわる自分の誕生日というものを、忘れ過ごした。気づくのはよくて翌日か、数日も過ぎてから、それも、藤原の父が買って帰ったケーキの箱を母とともに開けた時、という有様だった。

でもこの数日はヒデが、私の意識のすべてを占めた。まして昨日は、消えた彼を想い、彼の意図を解こうとし、彼の残した偽の手がかりを追って、雨の運河の街を彷徨い歩いた。母と姉の還っていった水が、私の髪に肌に染みた。

大好きな早紀ちゃんを殴り続けていたあの男は、三二まで生きられない、と幼い娘達に言い聞かせていた。私達の母が、三二の誕生日に入水《じゅすい》したからと。姉は、一二歳で死んだ。でも私は、まだこうして生きている。

昔ヒデが言ったとおりだ。彼は、そんなたわ言にまで言いわけを探すのか、と心からあきれた様子で私を非難した。なんでもかんでも父親のせい、ってわけだ。自分の意思はどこにある?

真紀は、感傷を絶やしたくないだけだ。姉が死んで、彼女を救えなかった自分が許せないんだろ? 母親と、姉のために、生きている間は苦しまなくてはいけないと思い込んでる。父親のくだらない妄想が忘れられないなんてのは、逃げ口上に過ぎない。

違う、と私は否定した。私だってあんな男の言ったことなんか信じちゃいない。ただ、そういう恐れを無意識にでも抱いていると、自分でも知らぬ間に、そのとおりの事態が起きるよう行動してしまう。

ヒデは鼻でせせら笑い、またありがたい医学論文で読んだんだろ、と言った。

真紀が三二になるまでは死なないように、俺が邪魔してやるよ。

「差し出がましいようですが」

暗がりの中、男性の声が遠慮がちに囁く。

「具合がわるいですか?」

声のする方へ顔を振り向けると、肘掛に載せた手の甲へぼたりと雫《しずく》が落ちた。通路の向こうで、先ほどの男性が善良そうな目を凝らしている。

「ドクターを探してもらいましょうか」

いつから泣いていたのだろう。頬に手を当てると、すっかり濡れている。

「いいえ、それは……」

映画です。咄嗟に、白々とした光の射す方向を示すと、スクリーンには終了したばかりの映画のクレジットが流れていた。

「ああ、そうか」

ほっとしたように気さくな相槌を打ち、男性は笑顔を見せた。

「お邪魔してしまったようですね」

「いいえ。私、感傷的すぎる、ってよく馬鹿にされていて……いいえ、本当に馬鹿なんです」

飛行機に乗るたび、墜落を心待ちにしていた。

避けがたい航空事故で命を落とすのなら、養父母の恩を仇で返したと陰口を叩かれることも、負け犬呼ばわりされる心配もない。私が彼らに残すものは、時の経過につれ薄れる悲しみだけで済む。だが、私にとっては合理的だったそんな望みも、今なら身勝手とわかる。

まだ学生だったヒデの瞳をまっすぐに見て、あるいは彼の腕の中で、おいしい食事をともにしようとする時、愛し合ったあと、口づけてすぐ、そして別れ際に、私は幾度、死について口走ったことだろう。

モルヒネが欲しいと言うヒデを前にして、私は、己の無力を呪った。彼を留める理由になり得ない自分の不甲斐なさに苦しんだ。力になりたいのに、なぜそんなむごい言葉を私にくれるのだろうと、悲しかった。

同じようにヒデも、かつて、私の願いを苦く聞いたのだろう。親しい人にどんなに深く切りつけるかにも思い当たらず、未熟だった私は、やはり若く自分の問題だけで手いっぱいの彼を、数え切れないほど悲しませ傷つけた。

望んで命を断つ日が、いつか私に訪れるだろうか。もしも、モルヒネすら効果のない持続する苦痛が私を苛むとしたら？　それでも、管を経由して栄養を摂り、声を奪う気管切開で酸素を取り込み、心臓が停止するたびに電気ショックの蘇生術が欲しいか？　いや、少なくとも今の私は、過剰な延命治療を望む理由を持たない。

最期の瞬間、私は今日この日に戻っていて、成田行きの飛行機には乗らず、緑地帯に並ぶ屋台のようなカフェにひとり、コーヒーが冷めるのを待っている。やがて銀色の雨を運ぶ筈の雲が裂け、みるみるうちに、氷のように冴えた青空が広がっていく。雨は去ったのだ。

木々の影を濃くする、初夏の晴天の真午に私は逝く。てんてこ舞いのマルハナバチと、萎えた花びらの開ききった薔薇と、ベンチにあぶれそぞろ歩く人々もまた、あふれる光を浴びているだろう。そしてほどなく、「私達のピアニスト」が、誇らしげに胸を張り舞台へと上がる。

定刻にランディングした機を降り、事務的に手足を動かして入国手続きを済ませた。長旅であるほど、幕切れはあっけない。あらゆる束縛から放たれていたつもりが、入国スタンプひとつで収監される。名残惜しむ想いすら誰かが妨害しているように、日常の中へと背中を押される。

外側へしか進めないゲートを抜け、管理された空間から到着ロビーへ出ると、迎えの人々の顔や呼び込みをしている宅配カウンターの周辺に、懐かしいあわただしさを見つけた。私のいないクリニックでは、同僚達が、いつもどおり山のような業務を難なくこなしていることだろう。

あの場所にいるのが、必ずしも私である必要はない。でも誰かがやるべきことなら、それが私であってもいい。

せわしなく、にぎやかに、突き抜けたあきらめで踏み留まり、無力さに打ちひしがれることをものともしない。毎日をともにするあの幾人かの力で、私はヒデのいない地へ呼び戻された。これから、彼らに望まれることを成し、その隙の、時々は、透明な薬に惹かれる。

ヒデの姿を、見つかる筈もない雑踏に捜したり、季節の変わり目の美しい情景に導かれ思い出したり、しんと静かな夜半に心の中で語りかけたりするだろう。ヒデはかつてこう言った。ヒデならきっとこう言う。私は、これから先ずっと、その追想の方法を変えられない。実体を見失っても、彼のくれた言葉が、消えずこの脳に生きている。

ずるい彼が、そうなるよう仕組んだのだろうか。真実は遅れて見えてくる。だがヒデぐらい、真実などというたいそうな言葉が不似合いな者もない。

感傷と、深刻さを、彼は毛嫌いしていた。そういった鬱陶しいものは、やせ我慢してでもせせら笑い足蹴にする。顔を伏せることはしない。顎を上げ、前方を睨み、でも着実な人々の歩みからは離れた位置で、ポケットへ片手を突っ込み傍観者を気取る。

望めば、その姿はいつでも現われるだろう。彼の指が奏でる音のように、「それそのもの」は私の前を通り過ぎ消えても、「その存在したあかし」は記憶の場所に刻まれ、残る。

リムジンバスの時刻表を確認していると、電源を入れたばかりの携帯電話が鳴った。おかえりなさい。ひそめた声で、坂本が話し始める。

真紀さん、連れの人も一緒ですか？　私は、どこかへ消えちゃった、と可能な限り明るく返す。やはり逃げられましたか。忍び声の坂本が、ため息をつく。

あなたところで、どこからかけてるの？　訊ねる私に、事務所のトイレです、と坂本は答えた。午前中は外来の常連さんの耳があります。油断なりません。あっという間に噂話がご近所を一周して、千倍にもふくらんで戻ってきます。

そうね。私の頬はゆるんでいた。電話の向こうの坂本は、ひそひそ声で話し続ける。

気にすることなんかないですよ。どう生きるかを選ぶのは、個人の自由意思ですからね。しれっとして戻って来たら、今度こそ冷たくしてやればいいんです。前から言おう言おうと思ってたんですけどね、だいたい、真紀さんは患者さん達に甘すぎます。

了解、今後は冷たくします。約束ですよ。うん。では早く出勤してください。坂本は、少しだけ語調を強めた。午後の往診の予定、手加減なしに詰め込んでおきましたからね。

私のいる位置からは遠い出入り口が開き、息せき切った様子で長身の男性が駆け込んでくる。寝癖でぼさぼさの頭が、きょろきょろと、フロア中を見まわしている。

もしもし、どうかしましたか。坂本が、気づかわしげな声で訊く。いいえ、なんでもない。本当にひとりで大丈夫ですか？　ええ、大丈夫。

私は、急いで戻りますと告げ通話を切る。そして、私を見つけられずにいる長瀬へ歩み寄り、院長はどなたかのお迎えですか、と呼びかける。

「間に合ってよかった」

「来てくれるとは知らなかったから、あやうくすれ違うところだった」

「彼はどこへ？」

「さあ……きっと、彼のあるべきところへ」

私は、差し伸べられた手へ素直に荷物を渡し、どう生きるかを選ぶのは個人の自由意思です、と坂本の口調を真似た。

解説──安達千夏への私信

作家　島田雅彦《しまだまさひこ》

あなたは今も山形で暮らし、山形で孤独に耐え、山形で書いています。しかし、郷土の作家というイメージにはふさわしくない。それはひとつには地方都市が、そこにしかない文化とかコトバとか歴史を半ば放棄し、標準化を目指したからです。日本全国何処《どこ》にいても、中央から発信される情報やモードにまみれる。だから、個々人が地方色を濃厚に打ち出そうにも、あらかじめその背骨が砕《くだ》かれている。あなたは都会の作家でももちろんない。それはあなたが家出しなかったからだともいえる。つまり、東京流儀に染《そ》まらず、ことさらに地方の特色をまとうでもなく、現在の地方都市の状況を淡々《たんたん》と反映しているところに、ほかの作家との大きな違いがあります。あなたの小説は乾いた悲しみや思わずため息が漏れるようなやるせなさに満ちています。私はそれを懐《なつ》かしいと思います。樋口一葉《ひぐちいちよう》の人情話の読後感にも似ています。現代小説から失われた「もののあはれ」があなたの小説にはしっかり刻まれているという気がします。

私は好んで地方都市へ出かけますが、今日の経済格差を反映しているかのように寂れ具合が著《いちじる》しいのが気になります。県庁所在地のメインストリートさえもいわゆる「シャッター通り」と化している。山形も例外ではないようです。私は首都圏に暮らすよそ者の気軽さで、地方都市の生態を観察しますが、地方に住む者の心中をそれとなく察するためにスナックやクラブで熱心に聞き込みをします。

ある若い女の子は漠然《ばくぜん》と都会の華《はな》やかな暮らしに憧《あこが》れてはいるものの、このまま勝手知ったる田舎町でのんびり暮らしたいとも思っている、といいます。またある女はきっぱりと「家出したい」といいました。親との関係も悪いし、結婚相手もいない。このままくすぶっていても、ろくなことはない。でも、都会は生活費がかさむし、危険がいっぱいで、怖い。そして、どうしたらいいかと私に相談するのです。大学時代を東京で過ごしているなら、多少のコネはできるだろうが、ずっと地方にいた子にとって、東京は修学旅行でしか訪れたことのないテーマパークのようなもの。そこでどうやって暮らしていくか、指南することもできません。もちろん、厳しい現実に目覚めるのは時間の問題です。表向ききらびやかに見える世界こそ熾烈《しれつ》な生存競争の舞台となっているのだから。それでも田舎にいるよりは「芽を出す」機会は多いだろうし、どこの馬の骨かはわからないが、男と出会う機会も増えるでしょう。まれに家出少女の中からシンデレラが現れる。スカウトマンに声をかけられ、タレント事務所の所属となり、芸能界にデビューを飾るといったようなケースです。グラビア・アイドル、キャンペーン・ガール、AV女優とメニューは豊富ですが、その他大勢は風俗産業に流れてゆくことになっています。いずれにせよ、ゼロからの出発で元手となるのは若さや容姿や裸です。家出少女にも勝ち組と負け組がいますが、そもそもの家出の動機を「都会で成功するため」と語る人は少ない。ただなんとなく、都会にやってくるのです。そして、より多くの見知らぬ人と出会い、将来のなりゆきを偶然に任せるしかないのです。

日本の近代文学は地方と都市の落差から生まれました。いわば、田舎者の目に映る都市を描くのが近代小説でした。つまり、小説とはもともと出稼《でかせ》ぎ体験記みたいなものだったのです。あなたと同じ山形出身の阿部和重《あべかずしげ》の作品を見れば、わかるでしょう。渋谷《しぶや》でフリーターをやっている人たちの生活と意見を破壊的に描いて、多くの似た者同士の共感を得ている。東京を舞台にした作品の多くは田舎の人が書いているのです。どういうわけか、彼らが繰《く》り出すコトバからは素朴《そぼく》な喜怒哀楽が抜け落ちています。「もののあはれ」が壊れているという批評家もいます。いわば、それが東京流です。女性作家たちはといえば、東京で長く暮らすうちに身につけた人との出会い方、付き合い方を書いています。コトバのコミュニケーションの不備を補《おぎな》う保険としての「もののあはれ」が崩壊したあとには、その反動か、素朴な感情の流れを日記風に綴《つづ》る「今清少納言《せいしようなごん》」みたいな女性作家が大勢登場し、確実に読者を増やしていきました。なぜか、東京を描く人たちは自分と同じ境遇の人間にしか興味を示しません。そのせいか、多くの小説は、もっぱら独身女性の恋愛幻想、女同士の友情、もてない男たちの自我の迷走といった形態を取ります。

そんな中、夫婦や親子関係を正面から見据《みす》えた作品は意外と少ないことに気付きます。世代間の対立がテーマの作品も久しく見ない。これは年長者と若者のあいだにコミュニケーションがないことを如実《にょじつ》に示しています。たとえば、二十代の男性と中高年の女性が交差することはありません。だから、若者はおばさんが何を考え、何に憤《いきどお》っているか知る術《すべ》もありません。同じように、息子は父や母が何を考えているか知る由《よし》もなく、父や母は息子や娘の心中を計り知れない、というわけです。同じように資本主義組と負け組は話が合うはずもないし、家出少女と箱入り娘は接点がなく、大卒と高卒は仲良くなることもない。

本来なら他者を理解しようとする積極的な意志がなければ、小説なんて書くことはできません。欲求不満や変身願望や自己愛ばかりが肥大化した結果、ヒトは自分のことにしか関心を持たなくなります。そして、本当の「私」や理想の「私」の追求に走る。程度の差こそあれ、誰もがファンタジーとしての「私」を生きることになります。だが、それはディテールが脆弱《ぜいじゃく》なフィクションに過ぎず、過酷な現実には対抗できない。それがわかっているから、他者との接触を拒《こば》んだり、社会とのコミットメントを避けるのです。けれども、「私」は社会を映す鏡でもある。世界の混乱は「私」の中に織り込まれる。現実の試練を受けて、「私」というフィクションは破綻《はたん》するが、その破綻ぶりを律儀に見据え、記録するのが私小説というものです。

あなたの小説は恋愛小説のようにも、私小説のようにも読めますが、個人的な欲望の解放としての恋愛小説や私小説とは程遠い。作品にはあなたの生い立ちと生育環境が深く影を落とし、今作に限らず、ほかの作品においても、実体験に基づいて、家庭や家族のありようを描こうとします。とかく親子関係は美談に流されやすく、虐待《ぎゃくたい》とか抑圧などの事実は隠蔽《いんぺい》されがちですが、あなたはそれを臆《おく》せずに書いています。決して、親への復讐というのではなく、男と女の話を書いても、家族との齟齬《そご》が見え隠れする。互いのトラウマを察し合いながら、関係が進む。人は恋をしても、一緒に暮らしても、結局は孤独なのだということがしみじみ伝わってきます。他人に癒《いや》されることのない傷を抱《かか》えた者同士は互いに寂しさや不安を感じ取りながら、冷たい関係を築いていこうとします。その感覚は家出少女同士の友情に近いものではないか。

子どもは親を選ぶことはできません。親子の情というのは一筋縄《ひとすじなわ》ではいかない。親がなくても子は育つというけれど、その親が子どもの足を引っ張るということもある。親子関係に傷ついた者たちはあなたの小説に救われるかもしれない。親に捨てられたと思っている家出少女たちにこそこの本は読まれなければなりません。

（この作品は、平成十五年二月、
小社から四六判で刊行されたものです）

モルヒネ

一〇〇字書評

切り取り線

購買動機（新聞、雑誌名を記入するか、あるいは○をつけてください）	
□（　　　　　）の広告を見て	
□（　　　　　）の書評を見て	
□ 知人のすすめで	□ タイトルに惹かれて
□ カバーがよかったから	□ 内容が面白そうだから
□ 好きな作家だから	□ 好きな分野の本だから

●最近、最も感銘を受けた作品名をお書きください

●あなたのお好きな作家名をお書きください

●その他、ご要望がありましたらお書きください

住所	〒				
氏名		職業		年齢	
Eメール	※携帯には配信できません		新刊情報等のメール配信を希望する・しない		

あなたにお願い

この本の感想を、編集部までお寄せいただけたらありがたく存じます。今後の企画の参考にさせていただきます。Eメールでも結構です。

いただいた「一〇〇字書評」は、新聞・雑誌等に紹介させていただくことがあります。その場合はお礼として特製図書カードを差し上げます。

前ページの原稿用紙に書評をお書きの上、切り取り、左記までお送り下さい。宛先の住所は不要です。

なお、ご記入いただいたお名前、ご住所等は、書評紹介の事前了解、謝礼のお届けのためだけに利用し、そのほかの目的のために利用することはありません。またそのデータを六カ月を超えて保管することもありませんので、ご安心ください。

〒一〇一－八七〇一
祥伝社文庫編集長　加藤　淳
☎〇三（三二六五）二〇八〇
bunko@shodensha.co.jp

祥伝社文庫

上質のエンターテインメントを！　珠玉のエスプリを！

祥伝社文庫は創刊15周年を迎える2000年を機に、ここに新たな宣言をいたします。いつの世にも変わらない価値観、つまり「豊かな心」「深い知恵」「大きな楽しみ」に満ちた作品を厳選し、次代を拓く書下ろし作品を大胆に起用し、読者の皆様の心に響く文庫を目指します。どうぞご意見、ご希望を編集部までお寄せくださるよう、お願いいたします。

2000年1月1日　　祥伝社文庫編集部

モルヒネ　長編恋愛小説

平成18年7月30日　初版第1刷発行
平成19年4月30日　第16刷発行

著者　安《あ》達《だち》千《ち》夏《か》

発行者　深澤健一

発行所　祥《しょう》伝《でん》社《しゃ》
東京都千代田区神田神保町3-6-5
九段尚学ビル　〒101-8701
☎03（3265）2081（販売部）
☎03（3265）2080（編集部）
☎03（3265）3622（業務部）

印刷所　萩原印刷

製本所　ナショナル製本

造本には十分注意しておりますが、万一、落丁、乱丁などの不良品がありましたら、「業務部」あてにお送り下さい。送料小社負担にてお取り替えいたします。

ISBN4-396-33298-X　C0193

祥伝社のホームページ・http://www.shodensha.co.jp/